검은별

허담 新무협 판타지 소설

FANTASTIC ORIENTAL HEROES

검은 별 7

허담 新무협 판타지 소설

초판 1쇄 찍은 날 § 2015년 3월 12일
초판 1쇄 펴낸 날 § 2015년 3월 19일

지은이 § 허담
펴낸이 § 서경석

편집부장 § 권태완
편집책임 § 박가연

펴낸곳 § 도서출판 청어람
등록번호 § 제387-1999-000006호
등록일자 § 1999. 5. 31
어람번호 § 제2-2578호

주소 § 경기도 부천시 원미구 부일로 483번길 40 서경B/D 3F (우) 420-822
전화 § 032-656-4452 팩스 § 032-656-4453
http://www.chungeoram.com
E-mail § chungeorambook@daum.net

ISBN 979-11-04-90159-1 04810
ISBN 979-11-316-9247-9 (세트)

검은별
7
육혈무성의 땅
허담 新무협 판타지 소설
FANTASTIC ORIENTAL HEROES
도서출판 청어람

目次

제1장

혈풍

날카로운 칼날에 수많은 깃발이 잘려 나갔다. 눈보라 속에서도 힘을 잃지 않고 펄럭이던 구천맹의 깃발들이다.

그 깃발들이 맹수 같은 마천의 마인들이 들이닥치자 갈대처럼 꺾여 나갔다.

꺾인 것이 깃발만은 아니었다. 사람도 깃발과 함께 쓰러져 갔다.

오죽노가 목양성 근처 구천맹 진영에 남겨놓았던 인원이 일백여 명, 그들은 폭설 속에서 허장성세로 마천의 마인들을 속이고 있다가 하루아침에 날벼락을 맞았다.

남겨진 자들의 무공이 부족한 것은 아니었다. 그러나 그들을 덮친 마천 마두들을 상대하기엔 역부족이었다.

검마 황조, 마불 구르간!

이 두 절대마두의 존재감만으로도 구천맹의 맹도들은 싸울 의욕을 잃었다.

그리하여 싸움이 시작된 지 채 반시진이 지나기도 전에 구천맹의 맹도들은 도주를 시작했다.

폭설 속에서 불길이 타올랐다. 마천의 마인들은 구천맹의 숙영지를 완전히 불태워 버렸다.

그 불길을 뚫고 탈출에 성공한 구천맹도들은 본능적으로 기련포를 향해 달리기 시작했다.

"사냥을 하는군요."

궁비영이 중얼거렸다. 설원을 질주해 도주하는 구천맹도들을 마천의 마인들이 멀리서 포위하듯 추격하고 있었다.

"북방에서 주로 쓰는 전술이지요."

귀보전이 대답했다.

"결국은 모두 죽을까요?"

"일부는 살려둘 겁니다. 그들이 느꼈을 공포심을 기련포에 머물고 있는 구천맹도들에게 고스란히 전하고 싶을 테니까요."

"이번에는 오죽노도 조금 곤란해지겠군요."

"그렇겠지요. 모든 것이 그의 예상대로 진행되고 있지만 단 하나 시간이 맞지 않았으니까요."

귀보전은 무척 즐거운 모양이었다. 아마도 오죽노에 대한 적의 때문이리라.

"기련포로 갈까요?"

"그러시죠."

귀보전이 고개를 끄떡이자 궁비영이 천천히 눈 위를 걷기 시작했다. 두 사람의 모습은 순식간에 눈보라 속으로 사라졌다.

* * *

한 여인이 나는 듯이 기련포로 달려 들어갔다. 본래 한적한 시골의 작은 포구였던 기련포는 최근 들어 구천맹의 고수들이 머물기 시작하면서부터 세상의 주목을 받는 곳으로 변해 있었다.

기련포로 들어선 여인은 사람들의 시선에 아랑곳하지 않고 포구 북쪽에 위치한 회색 천막으로 향했다. 오죽노 혜간이 머무는 천막이다.

기련포가 애초에 워낙 작은 포구였기에, 구천맹의 맹도들은 포구 외곽에 숙영지를 구축하고 그곳에 머물고 있었다.

"뉘시오?"

오죽노 혜간의 천막을 지키고 있던 중년 무사가 달려오는 여인에게 물었다.

"봉황문의 홍연이라 하오."

"아, 홍 여협이시군요. 어서 오십시오."

"오죽노께선 안에 계시오?"

"그렇습니다."

"고해주시오."

홍연은 봉황문이 자랑하는 여고수로서, 봉황문주 연청비의 오랜 심복으로 알려진 인물이다.

여인의 신분을 확인한 경비무사가 얼른 막사로 들어갔다. 그러고는 잠시 후 급히 막사를 벗어난 경비무사가 홍연에게 말했다.

"드시랍니다."

"고맙소."

홍연이 가볍게 고개를 까딱이고는 막사 안으로 들어갔다.

오죽노가 아미를 모았다. 뭔가 마음에 들지 않는 일이 벌어졌을 때의 표정이다.

아직 봉황문의 여고수 홍연은 한마디도 하지 않은 상태였다. 그러나 그녀가 이곳에 왔다는 사실 그 자체가 그의 계산에선 없어야 하는 일이다.

"무슨 일이오?"

오죽노가 물었다.

"기습을… 당했습니다."

"음……."

그녀가 나타나는 순간 예상했던 일이다.

"누구요?"

"마궁이 나타났습니다."

"마궁이라……."

"목이 좁은 수로의 양 협곡에서 기습을 하는 터에……."

"어찌 되었소?"

"배는 침몰하고 사람들은 강변으로 피신했습니다."

"여전히 적의 공격이 계속되고 있소?"

"제가 떠날 때까지는……."

"너무 일찍 왔군."

오죽노가 중얼거렸다. 그러자 홍연이 되물었다.

"그게 무슨 말씀이십니까? 한시가 급한 상황에… 당장 원군이 필요합니다. 원군이 가지 않으면 본 문의 형제들이 몰살당할 수도 있습니다."

홍연이 따지듯 물었다. 아무리 오죽노 혜간이 구천맹의 총군사라도 구파의 고수인 홍연에겐 자파의 안위가 더 중요했다.

"그게 함정이면 어쩌겠소?"

"……?"

오죽노의 물음에 홍연이 그의 말을 알아듣지 못하고 눈으로 묻는다.

"우리의 전력을 분산시키기 위한 함정이라면 어쩌겠냐는 말이오?"

"그… 그건……."

홍연이 미처 대답을 하지 못한다. 충분히 가능한 일이기 때문이다.

"그래서 너무 일찍 왔다고 말한 거요. 물으로 올라온 봉황문의 형제들을 그들이 계속 공격하는지, 마궁이 끌고 온 자들의 숫자가 얼마나 되는지 그걸 알고 왔어야 했소."

오죽노의 냉정한 추궁에 홍연의 말문이 막혔다. 그러자 오죽노가 못마땅한 표정으로 얼굴을 찌푸리더니 막사 한쪽을 보며 말했다.

"백로!"

"예, 대인!"

막사 뒤쪽에서 오죽노의 심복 백로가 모습을 드러냈다.

"가서 중 가주를 데려오게."

"그… 를요?"

뜻밖이라는 듯 백로가 되물었다.

"급한 일이야."

"알겠습니다."

백로가 고개를 숙여 보이고는 서둘러 막사를 벗어났다. 그러자 오죽노가 홍연을 보며 말했다.

"중가의 가주를 보내겠소."

"중 가주라면……?"

"모르시오? 맹의 수뇌들은 모두 알고 있는 사람인데. 중천산이라고……."

오죽노의 말에 홍연이 그제야 아는 척을 한다.

"아, 제룡가의 그……."

"이젠 제룡가의 사람이 아니오."

"알고 있습니다. 그가 제룡가를 떠나 총군사 그늘로 들어갔다는 것은… 좀 의외였지요."

홍연이 마땅찮은 표정으로 말했다. 그녀 역시 구파의 일원, 중천산의 행보가 달가울 리 없었다.

"그 일은 전대 제룡가주가 약속한 일이었소."

"물론 그렇겠지요. 그런데 그 혼자 감당할 수 있겠습니까?"

"그의 가솔들은 뛰어난 자들이오."

"그에게 수하가 있었나요?"

홍연이 몰랐던 일이라는 듯 물었다.

"애초에 한 가문의 가주였던 사람이 아니오? 어찌 따르는 사람이 없겠소."

"하지만 제룡가를 떠날 때 그는 가문을 폐하고 나온 것 아니었나요?"

"그 이후에 얻은 사람들이오."

"어떤 사람들이지요?"

홍연이 중천산에 대한 일을 지나칠 정도로 민감하게 물었다. 아마도 그건 중천산에 대한 경계가 아니라 오죽노에 대한 경계심에서 하는 행동일 터였다.

근자에 들어 급격하게 강해진 오죽노의 힘에 대해 구파에서 경계심을 품고 있다는 증거다.

"혹 그의 도움은 필요 없다는 뜻이오?"

오죽노가 정색을 하며 물었다. 그러자 홍연이 금세 자신의 실수를 깨달았다.

"기분이 상하셨다면 죄송합니다."

"아니, 그런 건 아니고… 사실 중 가주는 홍 여협도 아시다시피 흑성 출신이오. 구파 중 일부의 사람은 흑성 출신을 꺼리는 경향이 있어서 말이오."

"그건 아닙니다. 본 문의 문도 중에도 흑성이 있는데 어찌 그들을……."

"맞소이다. 흑성은 꺼려 할 존재들이 아니오. 오히려 고마워해야 할 사람들이오. 맹을 위해 희생을 자처한 자들이니 말이오. 음… 내가 중 가주를 보내려 하는 것은 시간 때문이오."

"……?"

"일을 당한 곳까지 가장 빠르게 움직일 수 있는 사람이 중 가주와 그 수하들이오. 더군다나 마궁 종고구라면 더더욱 중 가주가 어울릴 것이오. 기습은 기습으로 대접해야 하는 법 아니겠소?"

"알겠습니다."

홍연이 순순히 오죽노의 결정에 수긍할 때, 천막의 후미가 열리면서 백로와 한 명의 중년인이 모습을 드러냈다.

오십은 넘은 듯한 중년인은 덥수룩한 구레나룻에 굴강한 몸, 그리고 형형한 눈빛을 지니고 있었다.

"어서 오시게."

오죽노 혜간이 중년 사내를 맞이했다.

"총군사를 뵙습니다. 그런데 어쩐 일로……?"

"음, 급히 가줘야 할 곳이 있네."

"어딥니까?"

"봉황문의 배가 기련포로 오는 중에 마궁 종고구의 기습을 받았다고 하네. 배는 전복되고 생존자들의 발이 묶인 듯하니 가서 퇴로를 열어주게."

"알겠습니다."

사내가 두말하지 않고 대답했다.

"여긴 봉황문의 홍 여협이네. 같이 가시게."

"잘 부탁드립니다."

사내가 홍연에게 포권을 해 보였다.

"말씀 많이 들었습니다. 홍연이라고 합니다."

"중천산입니다."

사내야말로 궁비영 부자에게 애증의 존재인 격포 중가의 가주 중천산이다. 그는 흑성의 신분을 벗고 오죽노 혜간의 측근에서 구천맹의 권력 중심을 향해 조금씩 다가가고 있었다.

"시간이 없으니 서두르게. 사람들은?"

"열을 데려가겠습니다."

"좋네. 내 후미로 몇 명 더 보내지."

"알겠습니다."

중천산이 대답을 하고는 홍연을 바라봤다. 그러자 홍연이 앞서서 천막을 나섰다.

중천산이 오죽노에게 가볍게 고개를 숙여 보인 후 홍연의 뒤를 따라 천막을 나갔다.

"그 하나로 가능하겠습니까? 상대는 마궁 종고구입니다."

중천산과 홍연이 천막을 나가자 백로가 조심스럽게 오죽노에게 물었다.

"적어도 죽지는 않겠지."

"하지만 그래서야……."

"봉황문의 안위 따위 나완 상관없는 일이네."

"……."

"더군다나 봉황문주가 위험한 것도 아니지 않은가? 그들은 한 번쯤 놀랄 필요가 있어."

"나중에라도 추궁이 있을 수 있습니다. 더군다나 봉황문주와 다섯째 제자분 때문에라도 친분을 유지하는 것이……."

오죽노의 숨겨진 다섯째 제자 청마표국의 소국주 위소아를 두고 하는 말이다. 세상에 그녀는 봉황문주의 속가제자로 알려져 있었다.

"물론 그럴 수도 있겠지. 하지만 그렇다고 지금 전력을 나눌 수는 없는 일이네. 곧 눈이 그치면 그땐 우리의 일을 해야 해."

오죽노가 차가운 눈으로 말했다.

"그렇기는 하지요."

"그리고 사실 중 가주가 패할 것 같지도 않고."

"그렇게 보십니까?"

백로가 되물었다.

"자네 눈엔 어떤가?"

"글쎄요. 물론 그가 강해진 것은 사실이나 그렇다고 마궁 종고구를 감당할 정도일까요?"

백로는 의구심을 드러냈다.

"그는 말이야, 자신에게 가장 소중한 것을 포기한 사람이야. 야망을 위해서."

"궁도요 말이군요."

백로의 말에 오죽노가 고개를 끄떡였다.

"궁도요를 포기하는 순간부터 그는 무서운 사람이 되었지. 가끔… 나도 모르게 그를 경계할 정도로 말이야."

"그렇게까지 대단한 사람이었나요?"

"솔직히 말하자면 그보다 그 아들이 더 무섭다네."

오죽노가 슬쩍 미소를 지으며 말했다.

"중광 그 친구 말이군요."

"맞아. 아주 재미있는 아이지. 그래서 제자로 거둔 것이고."

"하긴… 제가 봐도 그는 조금 다르더군요."

"장차 무림의 일대 거목이 될 걸세."

"호랑이 새끼를 키우는 것은 아닐지 걱정이 됩니다."

"하하하, 그건 걱정 말게. 아무리 사납게 커도 결국 내게 길들여진 호랑이니까."

"그렇다면야 거칠수록 좋지요."

"그 아이도 갔겠지?"

"그렇습니다."

"아쉽군. 그 아이가 마궁과 싸우는 것을 보고 싶었는데……."

오죽노가 입맛을 다시며 말했다.

그들이 나타났을 때 궁비영은 만화도를 떠난 이후 처음으로 온몸의 근육이 굳어버리는 것을 느꼈다. 설마 하니 이 폭설 속에서 그들 부자를 만날 줄은 생각지 못했었다.

그러나 눈보라를 뚫고 기련포를 떠나는 자 중에는 분명 그 두 부자가 있었다.

"무슨 일이십니까?"

갑작스런 궁비영의 긴장에 귀보전이 걱정스런 표정으로 물었다.

"마천이 언제 공격을 할까요?"

궁비영이 물었다.

"앞질러 오기는 했으나 그들 역시 걸음이 늦지 않으니 적어도 오늘 저녁에는 공격을 시작할 겁니다."

"그 싸움을 보고 싶었는데… 오죽노의 대응도 그러하고."

"하면 보지 않겠다는 말씀이십니까?"

"난 저들을 따라가 봐야겠습니다."

"저들이 누구기에……?"

귀보전이 의아한 표정을 물었다.

"격포 중가의 두 부자가 저기 있군요."

"격포 중가라면… 아!"

귀보전이 놀란 표정을 짓는다.

"아마도 기습당한 봉황문도들을 도우러 가는 듯 보이는군요."

"설마 지금 그들에게 과거의 은원을 물으실 것입니까?"

귀보전이 만류하듯 물었다.

그러자 궁비영이 고개를 저었다.

"걱정 마십시오. 그저 어떻게들 변했는지 그걸 확인하고 싶을 뿐입니다."

"음… 이곳에서의 일도 무척 중요한 것입니다만……."

"그 일이야 동왕께서 주도하셔야지요."

궁비영이 귀보전을 보며 말했다. 그러자 귀보전이 어쩔 수 없다는 듯 고개를 끄떡였다.

"알겠습니다. 조심하십시오."

"걱정 마십시오. 그럼!"

궁비영이 한 발을 움직이는가 싶더니 순식간에 장내에서 모습이 사라졌다.

궁비영이 사라지자 귀보전이 허공을 보며 말했다.

"따라가게. 일이 생기면 즉시 알리고. 아무 일 없으면 나서지 말게."

"알겠습니다."

허공에서 나직한 대답이 들리더니 눈보라 속으로 검은 그림자 하나가 빠르게 사라졌다.

기이한 기분이 들었다. 당장에라도 달려가 그의 어깨에 팔을 올리고 장난을 치고 싶은 기분이다.

그가 자신을 배신하고 자신을 고통과 죽음의 굴레로 밀어

넣었다는 것이 믿기지 않을 정도다.

"시간이란 놈 정말 무섭군."

궁비영이 중얼거렸다.

중광이 그를 배신한 것은 하룻밤 사이의 일이지만 중광과 북산의 망나니로 산 세월은 셀 수 없는 날들이었다. 그의 몸과 마음이 배신의 하룻밤이 아닌 북산에서 함께 보낸 긴 세월을 본능적으로 기억하고 있는 모양이었다.

중가의 두 부자와 그들이 이끄는 십여 명의 무리는 기련포를 벗어나는 순간부터 바람처럼 달리고 있었다. 눈 위에 발자국을 남기는 자도 몇 없거니와 설혹은 발자국을 남겼다 해도 폭설이 금세 그 발자국을 덮었다.

그래서 만약 궁비영이 아니라 다른 사람이었다면 중광 부자의 뒤를 따르는 것은 불가능했을지도 모른다.

"변했구나. 그 짧은 시간에 많이 변했어."

중광의 움직임을 살피며 궁비영이 중얼거렸다. 눈 위에 발자국을 남기지 않는 사람 중에는 중광도 포함되어 있었다. 그의 무공이 그만큼 진보했다는 의미다.

한순간 중광과 그 일행이 방향을 틀었다. 그들이 길도 없는 거친 산을 치달아 오르기 시작했다.

"지름길로 가려는 모양이군."

궁비영이 중광 부자가 오른 산을 자세히 살폈다. 그러다가 그들이 간 방향이 아닌 다른 방향으로 달리기 시작했다.

툭!

궁비영이 한순간 눈 덮인 바위를 차고 날아올랐다. 그의 몸이 순식간에 무겁게 눈을 이고 있는 삼나무 가지 사이로 들어갔다.

궁비영이 가볍게 가지들을 잡아채며 나무 꼭대기로 올라갔다. 그러자 한순간 시야가 트이면서 눈앞에 설원이 펼쳐졌다.

"저곳이군."

궁비영의 눈에 멀리 강과 이어진 작은 계곡에서 둥글게 원을 그린 채 모여 있는 사람들이 들어왔다. 마궁 종고구에게 쫓겨 배를 버리고 산으로 찾아든 봉황문의 식솔들이다.

그나마 다행인 것은 그들이 제법 괜찮은 자리를 차지하고 있다는 것이었다. 그들의 주변에 커다란 바위들이 가득해 마궁의 화살 공격을 피할 수 있었다. 아마도 그 이유로 그들이 지금까지 생존할 수 있었을 것이다.

그러나 마냥 사정이 좋은 것도 아니었다. 그들과 일정한 거리를 두고 마천의 마인들이 문득문득 모습을 드러내고 있었다.

화살을 막을 수 있는 지형을 찾았으나, 그 때문에 한편으론 완벽하게 포위를 당하게 된 것이다. 원군이 없다면 아마도 그곳에서 몰살을 당할 것이다.

그때 궁비영이 올라 있던 삼나무 아래가 소란스러워졌다. 궁비영이 시선을 돌려 보니 중광 일행이 막 나무 아래를 지나고 있었다.

그들과 길을 달리해 달린 덕에 궁비영이 오히려 그들에 앞서서 산을 넘었던 것이다.

"저곳이오."

문득 여인의 목소리가 들린다. 봉황문의 여고수 홍연이다.

"그나마 다행이구려. 마궁의 화살을 피할 수 있는 곳을 찾았으니."

굵은 사내의 목소리가 들린다. 못 본 지 오래되었지만 잊을 수 없는 목소리다. 중 가주 중천산이었다.

'이건 참 환장할 노릇이군.'

궁비영이 쓴웃음을 지었다. 그의 목소리가 정겹게 느껴지는 것이다. 그때 다시 봉황문의 여고수 홍연의 말이 들렸다.

"어떻게 하실 생각이오?"

"퇴로를 만들어야지 않겠소?"

"그러니까 어떻게 말이오?"

홍연이 채근했다. 그러자 중천산이 무심하게 대답했다.

"무슨 방법이 있겠소. 치고 들어가는 수밖에. 단지 문제는 어느 방향을 뚫을 것이냐는 건데……."

"몸을 숨기고 있으니 적의 허실을 알아내기 어렵소."

홍연의 답답한 말투가 들린다. 그러자 다시 중천산이 대답했다.

"그건 상관없소. 도주할 방향과 마궁 종고구가 있는 곳, 이 둘만 알면 되오."

"도주할 방향이라면 당연히 기련포가 되지 않겠소?"

"기련포라. 뭐, 그리해야겠지. 자, 그럼 문제는 마궁이 어디 있느냐는 것인데……."

"제가 가보지요."

문득 또 하나의 익숙한 목소리가 들린다. 중광이다. 중천산의 목소리를 듣는 것과는 또 다른 감정이 솟구친다.

'녀석 역시 변했구나.'

과거와 같이 선천적인 장난기가 느껴지는 목소리가 아니다. 깊은 어둠 속에서 살아가는 자의 목소리다.

"할 수 있겠느냐?"

"그와 한번 겨뤄보고 싶었지요."

"음… 호기를 부릴 때가 아니다."

"말이 그렇다는 거지요. 설마 목숨 걸고 싸우겠습니까? 다녀오겠습니다."

"절대 싸우지 말거라."

"싸우거든 그 틈에 길을 여십시오."

"저, 저놈이?"

중천산의 당황한 빛이 보인다. 그러자 뒤이어 홍연이 물었다.

"누구요?"

"내 망할 놈의 아들이오."

그 누구도 궁비영이 그들의 머리 위에서 십여 장을 날아 다른 나무 가지로 스며드는 것을 보지 못했다. 구천맹 고수들의 무공을 생각하면 놀라지 않을 수 없는 일이다.

궁비영이 일정한 거리를 두고 중광의 뒤를 따랐다.

중광의 무공은 확실히 변해 있었다. 마천의 마인들이 득실대는 곳을 향해 가면서도 그의 움직임은 거침이 없었다. 그건 그가 스스로 자신의 무공에 자신을 가지고 있다는 의미일 것이다.

그렇게 한참 계곡을 향해 내려가던 중광이 문득 걸음을 멈췄다. 그러고는 슬쩍 뒤를 돌아봤다. 궁비영이 재빨리 아름드리나무 뒤로 몸을 숨겼다.

중광이 고개를 갸웃했다. 마치 누군가 자신을 쫓아오고 있다는 것을 알아챈 듯한 표정이다. 그러나 그렇다고 궁비영을 발견한 것은 아니었다.

그렇게 잠시 뒤를 살피던 중광이 다시 움직였다.

"정말 무서워졌네. 저 곰 같은 녀석이……."

궁비영이 더욱 조심스럽게 중광의 뒤를 따르기 시작했다.

갑자기 중광이 작은 나무 위로 올라갔다. 오히려 궁비영이 아래에서 그를 살피고 있었다.

중광은 잠시 주위를 살피더니 한순간 나무 위에서 사라졌다.

"시작인가?"

궁비영도 움직이는 속도를 높였다.

퍽!

"악!"

단말마의 비명이 계곡에 울려 퍼졌다. 그리고 기이한 일이 벌어졌다.

오직 한 명이었다, 장내에 모습을 드러낸 자는.

그런데 마천의 마인들이 곳곳에서 죽어갔다.

몸을 숨기고 있던 자들이 메뚜기 떼처럼 일어나 후방에서 자신들을 공격하는 자를 덮쳤다.

그런데 놀랍게도 단신으로 나타난 불청객은 그들의 공격을 모두 피해내며 이리저리 자유롭게 주변을 돌아다니는 것이었다. 그러다가 한순간 생각이 바뀌면 날카로운 살수를 펼쳐 마천의 마인들을 죽이곤 했다.

"저 미련한 놈!"

멀리서 마천의 진영을 흐트러뜨리고 있는 중광을 보며 궁비영이 혀를 찼다.

애초부터 과감한 성정의 중광이었지만 이런 식으로 마궁 종고구를 찾아내려 할 줄은 몰랐던 것이다. 그런데 가끔 그 무식한 방법이 제대로 효과를 볼 때가 있다.

쐐애액!

한순간 허공을 뚫고 한 자루 강전이 날았다. 그 속도와 힘이 워낙 강해서 장내에 있던 모든 사람의 시선을 사로잡을 만했다.

화살은 곧바로 중광에게로 날아갔다. 그러자 중광이 기다리고 있었다는 듯 도를 들어 올려 자신의 심장에 파고드는 강전을 쳐냈다.

캉!

강력한 파열음이 일어났다. 철시와 도의 충돌로 번개 치듯 불꽃이 일어났다. 그리고 중광이 서너 걸음 뒤로 물러났다.

중광이 조금 당황한 표정으로 자신의 도를 들여다보다가 도에 큰 이상이 없는 것을 확인하고는 화살이 날아온 방향으로 시선을 돌렸다.

“웬 놈이냐?”

중광의 시선이 닿은 곳에 날카로운 인상의 노인이 철궁을 들고 서 있었다. 마궁 종고구다.

“마천육마 중 한 명이 있다고 해서 얼굴 좀 보려고 와봤소. 당신이 종고구요?”

“오냐. 내가 바로 종고구다. 이 빌어먹을 놈아!”

종고구가 그답지 않게 욕설을 퍼부었다. 자신의 철시가 막힌 것에 대해 무척 화가 난 모습이다. 그것도 아직 새파란 녀석이 아닌가.

종고구의 욕설에 중광이 어깨를 으쓱하며 중얼거렸다.

“일은 끝났군.”

중광이 문득 왼손을 들어 올렸다. 보는 사람에게는 뻘쭘한 짓이지만 먼 곳에 숨어 있는 구천맹 맹도들에게는 종고구를 찾았다는 신호였다.

“네놈이 누군지는 잡은 후에 듣겠다!”

파앙!

종고구가 노성을 터뜨리며 중광을 향해 다시 활을 쐈다. 그러자 한 대의 철시가 보이지 않는 속도로 중광의 이마에 꽂혀 들었다.

순간 중광이 허리를 뒤로 젖히며 도를 들어 올렸다.

차앙!

종고구의 철시가 무서운 힘으로 중광이 도를 스치고 지나갔다. 중광이 그 기세에 맞서지 않고 힘이 흐르는 방향으로 몸을 띄워 제비를 한 번 돈 후 땅에 내려섰다.

"재주가 좋구나!"

어느새 마궁 종고구는 중광의 인근까지 달려오고 있었다. 바위를 차고 올라 사오 장씩 거리를 좁혀오는 종고구의 신위는 보통 사람이라면 오금이 저려 제대로 대응도 하지 못할 만큼 강렬한 기세였다.

"활이 아니라 도검이라면 나도 기다리고 있던 바지."

중광이 도를 고쳐 잡으며 중얼거렸다. 그는 이미 중천산의 당부 따위는 잊은 지 오래였다.

강호를 위진시키는 고수, 천하인이 모두 두려워하는 마궁 종고구와 도검을 섞는다는 것에 대한 흥분에 중광이 눈을 번들거렸다.

"놈!"

자신의 공격에도 도주를 하지 않고 외려 반발할 자세를 취하고 있는 중광을 보며 종고구가 다시 한 번 노성을 터뜨렸다. 그러고는 채 십여 장이 되지 않는 거리에서 세 대의 화살을 날렸다.

순간 중광이 재빨리 신형을 회전해 바위 뒤로 몸을 숨겼다.

카카캉!

세 대의 화살이 그대로 바위에 격중하며 몇 줌의 바위 부스러기를 만들어내고는 사방으로 튕겨져 나갔다.

그런데 화살 공격을 피해낸 후 바위 위로 솟구쳐 반격을 하려던 중광이 다급하게 신형을 날려 땅을 굴렀다.

퍽!

그가 숨어 있던 자리에 하늘에서 폭사한 한 자루 강전이 꽂혔다.

그야말로 영악한 신기의 궁술이다. 세 대의 화살은 정면으로 날려 적을 교란하고 숨은 화살 한 대를 허공으로 쏘아 보내 바위 뒤에 숨은 적을 공격하는 수법이었다.

"좋아! 아주 맘에 들어!"

종고구의 화살을 피해낸 중광이 뭐가 그리 기분이 좋은지 크게 소리쳤다.

그러면서 어느새 삼 장 안까지 다가온 종고구를 향해 자세를 낮추며 달려들었다.

웅!

중광의 도가 종고구의 허리를 갈랐다.

그러자 종고구가 재빨리 철시를 꺼내 들고 중광의 도를 막았다. 당연히 다른 때와 마찬가지로 또 다른 손에 든 철시로는 중광의 목덜미를 노린다.

그런데 모든 일이 종고구의 예상대로 흘러가는 것은 아니었다.

캉!

한순간 날카로운 소성이 일어나며 중광의 공격을 막던 종고구의 철시가 부러져 나갔다.

"엇!"

종고구의 입에서 그답지 않게 놀란 목소리가 흘러나온다.

삭!

연이어 중광의 도가 종고구의 옆구리를 스치고 지나갔다. 물론 종고구가 재빨리 신형을 틀었기에 옷이 베이는 정도에서 중광의 공격을 막을 수는 있었다.

그러나 그 한 번의 격돌에서 종고구는 예상치 못한 충격을 받았다. 강호에서 자신의 철시를 부러뜨리는 도법을 경험해 본 것이 언제던가. 더군다나 이렇게 새파란 젊은 놈이 그런 도법을 지니고 있다는 것이 믿기지 않았다.

그러나 상대의 무공에 놀라고 있을 여유가 종고구에게는 없었다. 어느새 허공으로 떠오른 중광이 빙글 몸을 돌려 종고구의 어깨를 쳐왔기 때문이다.

"놈!"

종고구의 입에서 노성이 터지면서 그의 손이 빠르게 움직였다.

파파팟!

그의 양손에서 두 대의 화살이 연이어 앞으로 튀어나왔다. 화살은 마치 암기처럼 중광의 복부와 심장을 노렸다.

순간 중광이 크게 도를 휘둘렀다. 그러자 그의 도에 뿌연 도기가 서리더니 이내 두 개의 화살이 방향을 잃고 엉뚱한 곳으로 날아갔다.

"암기라면 나도 좀 쓰지!"

종고구가 던진 두 대의 화살을 막아낸 중광이 번개처럼 왼손으로 암기를 던져 냈다.

피핑!

중광의 손을 떠난 암기들이 날카로운 파공음을 일으키며 종고구를 향해 날아갔다.

"재주가 많구나!"

종고구가 예사롭지 않은 중광의 암기술을 칭찬하며 다시 전통에서 철시 두 대를 뽑아 들고는 풍차처럼 돌렸다.

따다당!

어지러운 소리가 흘러나오며 중광이 던진 암기들이 사방으로 흩어졌다. 암기를 막아낸 종고구가 시차를 두지 않고 철시를 들어 다시 중광을 향해 반격을 하려는 순간, 갑자기 북쪽에서 큰 함성이 들렸다.

"적이닷!"

"막앗!"

마천의 마인들이 지르는 소리라는 것은 보지 않고도 알 수 있었다.

"이놈! 사람을 데려왔구나!"

종고구가 중광을 보며 소리쳤다.

"흐흐, 이 멍청한 노마야. 그럼 내가 혼자 이 호랑이 굴에 들어왔겠느냐?"

"구천맹이냐?"

"아니면 어디겠느냐?"

"후욱! 결국 오죽노가 구원을 보내긴 했군."

종고구가 크게 숨을 들이쉬었다. 구천맹의 원군이 등장했음에도 그리 조급하거나 놀라는 기색이 아니다. 오히려 기다리고 있었다는 듯한 표정이다.

"그 표정을 보니 이런 일을 기다리고 있었던 모양이군."

중광이 중얼거렸다.

"덩치에 어울리지 않게 영리하기까지 하구나. 맞아. 봉황문의 배를 공격한 것은 기련포에 모여 있는 구천맹의 힘을 분산시키기 위함이었지."

"음, 아쉽군. 그 계책이 실패해서."

중광이 조롱하듯 말했다.

"실패라고? 네놈들이 오지 않았느냐?"

"눈이 있으면 좀 보라고. 우린 겨우 열이야."

"그야 상관없어. 단지 오죽노가 어떤 식으로든 반응했다는 것이 중요하지. 아마 오죽노는 줄곧 이곳의 소식을 기다리고 있을 게다. 덕분에 주변에 대한 경계는 조금 소홀하겠지. 눈도 오고 있으니……."

"……?"

중광이 무슨 소리냐는 듯 마궁 종고구를 바라본다. 그러자 종고구가 친절하게 설명했다.

"지금쯤… 기련포는 본 천의 형제들에게 쑥대밭이 되고 있을 거야."

순간 중광의 눈빛이 한 차례 반짝였다. 그러다가 실소를 흘리며 중얼거렸다.

"이런 영악한 놈들을 보았나. 시간을 당겼구나."

"하하하, 영리한 놈이로다!"

종고구가 큰 소리로 웃음을 터뜨렸다.

그사이 마천의 포위망을 뚫은 봉황문의 문도들이 중천산 등과 합세해 북쪽으로 도주하기 시작했다.

"안타까운 일이지. 저들이 기련포에 도착했을 때 기다리는 것은 오죽노가 아니라 본 천의 형제들일 테니까. 아마… 지옥을 경험하게 될 거야."

그러자 중광이 잠시 아무런 말 없이 생각에 잠겼다가 역시 심드렁하게 중얼거렸다.

"상관없는 일이지."

"……?"

중광의 말에 이번에는 종고구가 말없이 중광을 바라본다. 그러자 중광이 어깨를 한 번 으쓱하고는 호탕하게 말했다.

"누구에게 지옥이 될지는 모르겠지만 나완 별상관 없는 일이야. 내게 중요한 것은 말이야… 바로 지금 강호제일의 활잡이라는 마궁을 상대하고 있다는 것이지."

한순간 중광이 벼락처럼 도를 휘둘렀다. 그러자 지금까지와는 전혀 다른 위력의 도기가 마궁 종고구를 후려쳤다.

콰앙!

종고구가 재빨리 도기를 피하자 그의 뒤에 있던 바위가 반으로 갈라졌다. 놀라운 신력이다.

"도대체 네놈은 누구냐?"

종고구가 훌쩍 뒤로 물러나며 새삼스레 중광을 보며 소리쳤다. 그러자 중광이 종고구를 향해 달려들며 대답했다.

"죽을 때 말해주마."

웅!

종고구의 도가 다시금 도기를 일으킨다. 마치 광풍이 몰아치듯 사방에서 눈송이들이 떠오르기 시작했다. 그리고 그 모든 눈송이가 종고구를 향해 날아갔다.

"이놈!"

무지막지한 중광의 공격에 화가 난 종고구가 십여 장 뒤로 물러나며 번개 같은 속도로 철시를 쏘아대기 시작했다.

파파팟!

한 번에 두 개씩 시위에 걸리는 화살이 쉴 틈을 주지 않고 중광을 향해 쏟아졌다.

중광이 광풍 같은 도기로 연신 종고구의 화살을 쳐냈지만, 종고구는 놀라운 솜씨로 중광을 계속해서 위기로 몰아넣고 있었다. 거리를 주어서는 도저히 마궁 종고구의 활을 감당할 수 없는 중광이었다.

"제길, 다음에 보자!"

한순간 중광이 빠르게 뒤로 물러났다. 그러자 종고구와 그의 거리가 한순간에 이십여 장으로 멀어졌다.

중광이 더는 종고구와 싸울 생각이 없는지 앞서 북쪽으로 도주한 중천산 일행을 쫓아 움직이기 시작했다.

"그냥 보낼 수는 없지."

종고구가 조금 특별하게 생긴 화살을 시위에 걸었다. 그러고는 신중하게 중광을 겨누었다. 철시의 모양으로 보아 남다른 기능이 있는 듯 보였다.

"골수에 독이 돌면 한 달을 버티지 못할 게다!"

종고구의 화살은 독화살이었다.

그가 독화살을 쓴다는 말은 강호에 알려진 바가 없었다. 그런 그가 독화살을 꺼내 들었다는 것은 중광을 반드시 죽이겠다는 의미였다.

"잘 가거라!"

팟!

한순간 종고구의 화살이 시위를 놓았다. 그런데 바로 그 순간 날카로운 암기가 날아와 정확하게 종고구의 화살을 때렸다. 독화살은 미처 종고구의 철궁을 벗어나기도 전에 전혀 다른 방향으로 날아갔다.

"웬 자냐?"

종고구가 암기를 날린 자를 찾아 재빨리 시선을 돌렸다. 그러나 그의 눈에는 그 누구도 보이지 않았다.

"이런… 저놈보다 더 무서운 자가 있었던가?"

종고구가 어두운 안색으로 중얼거렸다. 어느새 중광도 그의 시야에서 사라지고 없었다.

제2장

대혈곡

단지 그 녀석을 다른 사람 손에 죽게 할 수는 없었다고 스스로에게 대답했다.

녀석의 목숨은 오직 궁비영 자신만이 거둘 수 있다고. 마궁 종고구의 독화살을 막은 궁비영이 자신에 물은 질문에 대한 자신의 답이었다.

그러나 그게 정말 그의 진심인지는 스스로도 알 수 없었다. 모두가 확신이라는 함정에 빠져 사는 것이 오히려 속 편하다는 것을 스스로 인정할 수밖에 없었기 때문이다.

궁비영의 얼굴에 찬 눈송이들이 꽂혀들었다. 냉기가 살을 파고드는 것 같다.

그러나 궁비영은 손을 들거나 혹은 내공을 일으켜 눈송이들을 피하지 않았다. 지금은 그 칼 같은 눈송이들의 공격이 오히려 그를 편안하게 가라앉혀 주고 있기 때문이었다.

"살아남으면 곧 보게 될 거야. 물론 네놈은 분명 살아남을 테지만!"

궁비영이 한순간 걸음을 멈췄다. 폭설 속에서 불타고 있는 기련포를 향해 달리던 중광이 순식간에 그의 시야에서 멀어진다.

이쯤에서 길을 달리해야 할 때다. 한순간의 감정에 휘말려 큰일을 그르칠 수는 없었다.

궁비영이 기련포가 아닌 그 북쪽 방향으로 방향을 틀었다. 그렇게 또 두 사람의 길이 갈렸다.

악!

곳곳에서 화염이 치솟고 사람들의 비명 소리가 들려왔다.

마천의 기습은 너무도 급작스러웠다. 목양성 인근에 남아 있다가 구사일생으로 살아 돌아온 구천맹도들이 미처 그곳의 일을 다 전하기도 전에 마천의 마인들이 기련포 북쪽 구천맹 진영을 급습했다.

만약 오죽노 혜간의 단단한 진법이 아니었다면 구천맹은 단번에 전멸당하고 말았을 것이다.

오죽노는 주도면밀한 사람이었다. 언제라도 누군가의 공격에 대비하는 버릇을 가진 그다. 그래서 그는 기련포에 숙영지를 구축할 때도 적의 공격에 대비해 정밀한 진법을 펼쳐 놓았던 것이다.

그 진법이 마치 성벽처럼 마천의 일 차 공격을 막아줬다. 그 몇 각의 시간이 구천맹이 그나마 전멸을 면한 이유였다.

마천의 마인들이 진을 깼을 때는 구천맹도들도 어느 정도 준비가 끝나 있었다.

그리하여 양쪽은 그야말로 생사를 가를, 혹은 천하의 운명을 가를 싸움을 눈보라 속에서 시작했던 것이다.

"좋지 않습니다."

구천맹 청응기의 기주 무영노 서리가 빠르게 달려들며 고했다.

"방어선이 깨졌단 말이오?"

비산문주 왕찬이 급히 물었다.

"이제 곧 뚫릴 것입니다. 한계입니다."

무영노 서리가 대답했다.

"이를… 이를 어쩌면 좋겠소?"

왕찬이 어린애가 부모를 찾듯 오죽노를 보며 물었다. 그러자 오죽노가 대답 대신 하늘을 바라봤다. 눈은 계속 내리고 있었다.

"시간이… 준비가 덜 되었는데……."

혜간이 중얼거렸다.

"무슨 준비 말이오?"

왕찬이 다시 물었다.

"이 싸움을 승리로 이끌 준비 말입니다."

오죽노 혜간이 대답했다.

"승리라니. 지금은 우리가 살아나가는 것도 어려운 상황이오."

왕찬이 타박하듯 말한다. 그러자 오죽노가 고개를 저으며 말했다.

"노련한 장사꾼은 언제나 위험 속에서 큰 이득을 노리게 마련이지요."

오죽노의 대답이 워낙 침착하다. 그러자 그 모습을 보며 침묵을 지키고 있던 자부문주 공룡이 물었다.

"혹, 달리 계획하신 것이 있었던 것이오?"

오죽노가 이렇게 여유를 부리는 것에는 그 이유가 있을 거란 생각이 든 모양이었다.

"그들의 기습은 이미 예상했던 일이지요."

"그렇소? 그런데 왜 그 대비가……?"

"제 생각보다 그들이 조금 일찍 왔지요. 설마 이 폭설 속에 공격을 하리라고는… 아니, 그보다 그들이 이토록 빨리 준비를 할 줄은 몰랐습니다."

"아무튼 그럼 지금도 그 계획이란 것이 유효한 것이오?"

"예상대로 일이 진행되었다면 구 할의 승산이 있겠으나 지금은 반반이라 할 수 있지요. 그래서 두 분의 동의가 필요합니다."

오죽노가 비산문주와 자부문주를 보며 말했다.

"오 할이라… 다른 방도는 없소?"

"다른 방도라면 이쯤에서 패를 접고 물러나는 것이지요."

"사방에서 적들이 공격을 해오고 있소. 그런데 물러날 수 있겠소?"

"이곳을 빠져나가는 것은 어려운 일이 아닙니다. 문제는 그 이후지요. 적들을 유인해 건곤일척의 승부를 노려볼지 혹은… 이대로 구룡대산까지 후퇴할지."

"음……."

자부문주와 비산문주가 동시에 침음성을 흘린다. 마음 같아서는 구룡대산으로 물러나 후일을 도모하고 싶은 그들이다. 그러나 그렇게 되면 두 가지를 포기해야 한다.

하나는 그들 자신들의 본거지가 마천에게 공략당할 것이다. 기세가 오른 마천의 마두들을 문파에 남은 문도들이 지킬 수는 없을 것이다.

두 번째 포기해야 하는 것은 그들이 명예와 권력이다. 이대로 패전을 하고 퇴각하게 되면 구천맹에서 그들의 지위는 급격하게 추락할 것이다. 어쩌면 구파에서 제외될 수도 있었다.

"승부를 걸 계책은 무엇이오?"

비산문주 왕찬이 물었다.

"결심이 서셨습니까?"

오죽노가 물었다.

"먼저… 계책을 듣고 싶소."

"흠……."

오죽노가 잠시 침묵을 지킨다. 그의 계책을 자신들이 평가

하겠다는 의미다. 이 와중에도 기 싸움을 벌이는 그들이다.

"그 정도는 들을 수 있지 않소?"

공륭도 왕찬을 거든다. 결국 오죽노 혜간이 한발 물러났다.

"비도를 통해 이곳을 벗어난 후 대혈곡으로 후퇴할 겁니다."

오죽노가 빠르게 말했다.

"대혈곡?"

왕찬이 아미를 모으며 중얼거린다. 그러자 공륭도 반대의 의견을 낸다.

"대혈곡이라면 입구는 있으나 출구가 없는 곳이오. 자칫 몰살을 당할 수 있소. 배수진보다도 더 안 좋은 위치요."

단호한 공륭의 말이다.

"맞는 말이오. 대혈곡이라면 빛도 잘 들지 않는 험지… 그곳에선 마천의 무리가 유리할 것이오."

왕찬도 고개를 젓는다. 실망의 기색이 역력한 모습이다. 오죽노에게서 뭔가 특별한 계책을 기대했던 그들에겐 썩 만족스런 계책이 아니었던 것이다.

"이 일은 꽤 오랫동안 준비한 겁니다."

반대하는 두 사람에게 오죽노가 말했다.

"무슨 말씀이시오?"

"겉으로 보기에 그곳은 사지이나 사실 우리에겐 더할 나위 없는 길지가 되어 있단 말이지요."

"어떤 준비가 되어 있단 말이오?"

공룡이 물었다. 그러자 오죽노가 옆에서 한 장의 양피지를 집어 들더니 두 사람 앞에 펼쳤다.

"이것입니다. 대혈곡의 후면에 다섯 개의 동혈을 뚫었지요. 몸을 피해 의탁할 곳이 있다는 말입니다. 또한 곳곳에 건초와 유황을 준비했습니다. 끌어들일 수만 있다면……."

오죽노의 말에 공룡과 왕찬의 얼굴에 희색이 돈다.

"그런 준비가 되어 있다면 망설일 이유가 없지 않소? 그런데 왜 겨우 오 할의 승부라고……?"

오죽노가 말한 대로라면 적어도 구 할의 승부를 걸 수 있는 계책이다. 그러자 오죽노가 아쉬운 표정으로 말했다.

"제가 계획한 일 중 한 가지가 미흡하지요."

"무엇이오?"

"원군이 오는 시간과 퇴로입니다. 퇴로를 완벽하게 준비했으면 좀 더 쉽게 결정했을 겁니다. 하지만 아직 퇴로가……."

"원군이라 하셨소?"

공룡과 왕찬에게는 퇴로보다 원군의 존재가 더 중요한 모양이었다.

"그렇습니다. 지금쯤 제룡가의 고수들이 은밀히 황하를 넘었을 겁니다."

"아!"

공룡과 왕찬이 동시에 탄성을 흘린다.

"아시겠지만 다른 문파에서는 퇴각을 원하고 있지요. 그래서 그들에게는 원군을 청할 수 없었습니다. 그러나 제룡가는 다르지요. 저와 제법 친분이 있기도 하거니와 이제 막 새로운 가주가 탄생해 세상에 제룡가의 건재를 보여줄 필요가 있는 때지요."

"그렇구려. 제룡가라면 이 싸움에서 얻을 것이 있을 것이오."

공륭이 고개를 끄떡였다.

"제룡가의 원군이 제때 도착한다면 화공을 당한 마천의 무리를 일망타진할 수 있을 겁니다. 그러나 그들이 없다면 이 승부는… 오 할의 승부지요. 화공을 당한다 한들 그들의 전력은 현재 우리보다 두어 배는 앞서 있으니 말입니다."

오죽노가 신중하게 말했다.

"결국은 시간이 모자란다는 말인데……."

공륭이 입맛을 다시며 중얼거렸다. 아마도 오죽노의 계책에서 희망을 본 듯싶었다.

"버텁시다."

왕찬은 더 적극적이다.

"잘못하다가는 몰살당할 수도 있소."

공륭이 말했다.

"그래도 이대로 구룡대산으로 퇴각하는 것은 생각할 수 없는 일이오. 물러나면 우리 두 가문의 몰락을 자초하는 일이오. 반면 만약 이겨낸다면, 혹은 버티기만 해도 우린 큰 이득을 얻을 수 있을 것이오. 외려 이 싸움을 회피한 다른 문파들이 수세에 몰릴 거요."

"그건 비산문주님이 말씀이 맞습니다. 패하지만 않으면 이기는 싸움이지요."

오죽노가 슬쩍 분위기를 돋운다. 이미 그의 마음속에는 마천과의 싸움을 결행하기로 결정이 선 상태였다.

"좋소. 그럼 나도 동의하겠소. 하면 일단 물러납시다."

"알겠습니다. 따라 오시지요."

오죽노가 앞서서 자리를 박차고 일어났다.

궁비영이 귀보전을 만난 것은 싸움이 거의 끝나갈 때쯤이었다.

단단하던 구천맹의 방어막이 어느 순간 흙더미 무너지듯 무너지고 마천의 마인들이 밀물처럼 구천맹의 진지를 유린하고 있었다.

"오셨습니까?"

귀보전이 정중하게 궁비영을 맞이한다.

"싸움이 기이하게 되어가는군요."

궁비영이 귀보전에게 고개를 까딱여 보이고는 말했다.

"그렇습니다. 버틸 것 같더니 한순간에 길을 열어주는군요."

"그 말은 다른 계책을 쓴다는 말인가요?"

"그렇겠지요. 자세히 보면 죽는 자의 숫자가 그리 많지 않습니다. 그럼에도 불구하고 구천맹 맹도의 숫자는 급격하게 줄어들고 있지요."

"퇴로가 따로 있다는 말이군요."

"그렇습니다."

귀보전이 고개를 끄떡였다.

"역시… 토귀인가?"

궁비영이 중얼거렸다. 사방이 포위된 상황에서 퇴로가 열렸다는 것은 결국 땅속밖에는 길이 없다. 천하에서 단시간에 땅속으로 퇴로를 만들어낼 수 있는 사람은 또한 오직 토귀 녹명뿐이다.

"토귀가 길을 만든 것은 확실합니다. 그런데 이상한 것은 토귀가 보이지 않는다는 거지요."

"이곳에 없겠지요."

궁비영이 대답했다.

"하면……?"

"그들이 가려는 곳에 있지 않겠습니까?"

"함정이란 말이군요."

궁비영이 고개를 끄떡였다. 그러자 귀보전이 물었다.

"마천의 기습은 오죽노도 예상치 못한 것입니다. 그럼에도 그가 계획대로 함정을 쓸까요?"

"결국… 시간이 문제지요. 척황은 어디에 있습니까?"

"이틀 전에 황하를 건넜다는군요."

"그럼 대략 삼 일 길… 그 시간만 버티면 승산이 있다고 보는 것 같군요."

"어쩌시겠습니까?"

귀보전이 물었다. 그러자 궁비영이 한 줄기 미소를 지으며 말했다.

"그 결정은 제가 아니라 동왕께서 하셔야지요."

"제가 말입니까?"

"그렇습니다. 계명혹성의 일은 싸움을 조율하는 것이 아니지요. 누군가를 베는 것이지."

"하지만……."

귀보전이 망설였다.

"이 싸움은… 유령문의 싸움입니다."

궁비영이 나직하게 다시 말했다. 그러자 귀보전이 서운한 표정을 짓는다.

"여전히 거리를 두시는 군요."

"그게 서로에게 좋지요."

"알겠습니다. 그럼 제가 결정을 하지요. 제룡가를 막겠습니다. 그리고 그 일은 소문주께 부탁하지요."

"전면전은 위험합니다."

"물론 그럴 생각은 없습니다. 소문주님께 하루 정도만 그들의 걸음을 늦추라 하겠습니다. 만약 그 안에 마천이 승부를 내지 못하면 그것 역시 하늘의 뜻이겠지요."

"진인사대천명! 좋군요."

궁비영이 고개를 끄떡였다. 그러자 귀보전이 물었다.

"계명혹성께선 어디로 가시렵니까?"

"싸움 구경이야 오죽노 쪽이 좋겠지요."

"알겠습니다. 하면 소문주께 그리 기별을 넣겠습니다."

귀보전이 대답을 하고는 바쁘게 움직이기 시작했다.

*　*　*

마천의 마인들이 눈 속을 달리고 있었다. 그 숫자가 줄잡아도 이백이 넘는다. 그런 그들 앞에 문득 한 사람이 나타났다. 육마 중 일인인 독아 구가겸이다.

"찾았소이까?"

마인들을 이끌고 있던 검마 황조가 물었다.

"북쪽에서 출구를 발견했소."

"교활한 놈!"

검마 황조가 이를 간다. 기습은 성공적이었으나 오죽노가 퇴로를 준비해 놓은 까닭에 그 성과가 그리 크지 않은 상태였다.

"시간이 오래되지 않았으니 추격합시다."

마불 구르간이 한쪽에서 말했다.

"함정이 있을 수도 있소."

뒤에서 혼마 상묘운이 경고했다. 그러자 마불 구르간이 고개를 저으며 말했다.

"이 기습은 오죽노도 예상치 못한 거요. 그에겐 함정을 준비할 시간이 없었소."

"미리 준비를 해놓았을 수도 있소. 날이 개면 우리가 공격할 거란 걸 예상하고 있었을 테니 말이오."

상묘운은 여전히 신중하다. 그러자 마불이 다시 반박했다.

"설혹 그가 미리 준비를 해놓았다고 해도 기습을 당한 이상 그의 함정이 제대로 작동할 리 없소. 이 기세를 놓치면 안 되오. 그가 구룡대산으로 물러나면 구파가 전력을 다해 우릴 치려 할 거요. 그럼… 목양의 승리는 패배의 시작이 되고 말 거요. 완전한 승리가 필요한 때요."

마불의 말에 검마 황조가 고개를 끄떡인다.

"마불의 말씀이 옳은 것 같소. 함정이 있다 한들 아니 갈 수 없는 길이요. 기왕에 승부를 보려 했으니 추격합시다."

"이겨도 희생이 많을 거요."

상묘운은 여전히 부정적인 모습이다. 그러자 황조가 차가운 얼굴로 말했다.

"싸움에서 이기려면 희생은 불가피한 것이오. 더군다나 오죽노 정도의 사람을 잡으려면 말이오."

"모두의 뜻이 그렇다면 알겠소이다."

혼마 상묘운이 한 걸음 뒤로 물러난다. 그러자 마불 구르간이 주위를 돌아보며 소리쳤다.

"추격한다. 한 놈도 남기지 말고 죽여라!"

마불의 명이 떨어지자 마천의 마인들이 살기를 뿌리며 북쪽을 향해 질주하기 시작했다.

* * *

혈이란 이름이 붙는 곳은 대부분 깊은 동굴을 지니고 있게 마련이다. 애초에 혈이 구멍이란 뜻도 지니고 있었다.

그러니 그 이름 앞에 대혈이 붙었다는 것은 그만큼 깊은 곳이란 의미다. 대혈곡은 그러한 곳이었다.

호리병 모양의 깊은 계곡, 들어가는 길은 좁지만 계곡 안쪽은 제법 넓고 숲도 존재한다.

그러나 그것으로 전부다. 일단 안으로 들어가면 들어간 길 말고는 출구가 없는 깊은 계곡이 바로 대혈곡이었다.

기련포에서 패주한 구천맹의 맹도들이 마천의 추격에 쫓겨 들어간 곳이 바로 그 대혈곡이었다.

마천의 선두에는 독아 구가겸이 있었다. 그리고 그가 앞에 섰다는 것은 그가 지나간 자리에 피로 길이 만들어진다는 것과 같은 의미다.

마천의 마인 중에서도 독아 구가겸의 흉명은 타의 추종을 불허했다.

"악!"

단말마의 비명이 터져 나왔다. 대혈곡 입구 바로 앞에서 일어난 일이다. 비산문의 고수 종천이 죽는 소리였다.

그는 비산문에서도 일급에 속하는 고수였지만, 독아 구가겸의 독검을 단 오 초도 받아내지 못했다.

"오늘은 정말 그럴듯하군."

독아 구가겸이 쓰러진 종천을 보며 중얼거렸다. 그의 손에는 피 묻은 검이 들려 있다.

스윽!

구가겸이 검을 들어 죽은 종천의 옷자락에 피를 닦았다. 그러고는 다시 중얼거렸다.

"이곳인가? 오죽노 그자가 함정을 준비한 곳이?"

쫓기는 자도 쫓는 자도 오죽노가 함정을 준비했을 거란 것은 모두 알고 있었다.

그럼에도 양쪽은 마치 서로 아무것도 모르는 것처럼 대혈곡으로 적을 유인했고, 또한 대혈곡으로 적을 추격해 왔다.

"이제부턴 내가 앞장서겠소."

어느새 다가온 마궁 종고구가 구가겸 옆에 내려서며 말했다.

"그럴 필요 없소. 이미 피 맛을 본 검이오."

구가겸이 자신의 검을 들어 보이며 말했다.

"매복이 있을 거요."

"그러거나 말거나. 또한 마궁께서 솜씨를 보이시려면 숨어 있는 자들이 튀어나와야 되지 않겠소? 내 사냥감을 깨우리다. 마궁께선 뒤에서 사냥을 해주시오."

"위험할 수도 있소."

"하하하, 걱정 마시오. 난 구가겸이오. 가자!"

구가겸이 호탕한 웃음을 터뜨리고는 수하들을 이끌고 대혈곡을 향해 달리기 시작했다.

그러자 그 모습을 보고 있던 마궁 종고구가 중얼거렸다.

"물론 독아 그대는 죽지 않겠지. 그러나… 애꿎은 당신의 수하는 여럿 죽을 거야."

"멈춰라!"

한순간 오죽노 혜간이 명을 내렸다. 그러자 대혈곡 안쪽으로 도주하던 구천맹 맹도들이 걸음을 멈췄다.

"이곳에서 적을 맞는다. 모든 준비는 끝났다. 계획대로 된다면 이 대혈곡에서 마천의 역사는 종말을 맞을 것이다. 문제는 시간, 맹의 형제들이 하루 거리에 있다. 그때까지만 놈들을 이곳에 묶어두면 된다. 모두 맹을 위해 목숨을 버릴 각오가 되어 있는가?"

"옛, 총군사!"

오죽노의 일갈에 구천맹의 무사들이 일제히 대답했다. 그 모습이 마치 오죽노가 구천맹의 맹주라도 된 듯하다.

"좋아. 그럼 각자 말해둔 위치로 가라. 항상 북쪽 절벽을 주시하라. 낮에는 깃발로, 밤에는 횃불로 신호를 할 것이다. 신호대로만 움직인다면 우린 반드시 승리한다."

오죽노 혜간의 명이 떨어지자 구천맹의 맹도들이 사방으로 흩어졌다. 그러자 오죽노 혜간이 비산문주와 자부문주에게 고개를 끄떡여 보이고는 북쪽으로 신형을 날렸다.

"이대로 싸움이 끝나면 맹은 그의 차지가 될 것 같소."

비산문주 왕찬이 씁쓸한 표정으로 말했다.

"그러게 말이오. 휴… 문파의 안위를 위해 어쩔 수 없이 그의 계책을 따르고는 있으나 마음은 무겁구려."

"오죽노의 야망을 항시 경계했는데, 이젠 아예 우리가 그에게 맹을 던져 주는 꼴이 되는구려."

"그래도 어쩌겠소. 일단은 그의 말을 따를밖에… 시간이 흐르다 보면 기회가 올 것이오."

"그 기회 없어도 만들어야겠지요. 어디서 근본도 모르는 자가……."

"갑시다. 어떻게든 이 싸움을 승리로 이끌어야 하오."

"좋소이다. 하면 무운을 빌겠소."

왕찬이 얼굴을 굳히며 말하고는 서쪽을 향해 빠르게 물러났다. 그러자 공륭 역시 동쪽을 향해 달렸다.

"너무 깊이 들어가고 있소."

멀리서 선봉에 선 독아 구가겸과 그의 수하들을 바라보며 혼마 상묘운이 걱정스레 말했다. 그러자 검마 황조가 대답했다.

"어쩔 수 없는 일이오. 시간이 길어지면 구천맹의 구원군이 올 수도 있소. 속전속결, 그래야 승산이 있소."

"하지만 저렇게 깊이 들어가서야 반드시 오죽노의 함정에 빠질 것이오."

"혼마께서도 아시다시피 큰일을 하자면 작은 희생은 반드시 필요한 법이오."

검마 황조의 말에 혼마 상묘운이 조금 놀란 표정을 지으며 황조를 바라본다.

"설마… 그를 미끼로 쓰려는 거요?"

"미끼라기보단 오죽노가 준비한 간계를 드러나게 할 사람이 필요하긴 하단 말이오."

"독아도 동의한 일이오?"

상묘운이 물었다.

"그야 알아도 좋고 몰라도 좋은 일이오. 단지 어떤 경우든 그가 적진에 뛰어들었을 것은 분명한 일이고… 잠시 대기한다! 적의 대응을 보고 진격한다."

검마 황조가 앞으로 나아가려는 마천의 마인들을 제지한다. 그러자 상묘운이 혀를 찼다.

"매정하시구려."

"하하하, 마천의 힘은 바로 그 매정함에서 나오는 것 아니겠소?"

"휴… 반면에 또한 그런 매정함이 본 천의 최대 약점이기도 하오."

"그렇기도 하지. 하지만 어쩌겠소. 마천이란 곳이 본래 그런 자들이 모인 곳인 것을……."

황조가 퉁명스레 대답했다.

그때 문득 대혈곡 북쪽의 절벽 중앙에 붉은 깃발이 올랐다. 그러자 갑자기 사방에서 대혈곡 중심부의 숲을 향해 불화살들이 날아들기 시작했다.

"역시 화공이군. 오죽노는 불을 너무 좋아해."

마불 구르간이 중얼거렸다.

"나쁠 것은 없소. 불로 시야가 가려지는 것은 우리만이 아니니……."

"그의 수를 봤으니 이제 갑시다."

마불 구르간이 황조에게 말했다. 그러자 황조가 고개를 젓는다.

"아직은 아니오."

"정말 독아를 죽게 할 생각이오?"

"그가 어디 쉽게 죽을 사람이오? 그는 지옥에서도 살아남을 사람이오."

"그렇긴 하지만… 나중에 원망을 듣지 않겠소?"

마불 구르간이 묻자 황조가 정색을 한 표정으로 말했다.

"원망이라고 했소? 과연 이 싸움이 끝났을 때 우리 서로가 누굴 원망할 힘이 남아 있을 것 같소? 이긴다 해도… 우리 모두 힘든 시간을 보내야 할 거요, 당분간은. 진입을 늦추는 것 역시 이래야만 이길 승산이 높아지기 때문이오."

"후… 그렇긴 하구려. 오죽노라면… 그럴 가치가 있지."

구르간의 말에 황조가 고개를 끄떡이며 상묘운을 돌아봤다.

"환마께서 수고를 해주셔야겠소."

"말씀하시구려."

환마 상묘운이 대답했다.

"아무래도… 오죽노는 환마께서 맡아주셔야 할 것 같소."

"음… 내가 말이오?"

"우리야 싸움만 할 줄 알았지……."

황조가 말꼬리를 흐린다.

마천육마 중 지모와 환술로는 환마 상묘운을 따를 자가 없다. 그러니 대혈곡 깊숙한 곳에서 구천맹도들을 움직이고 있을 오죽노의 목을 베는 데는 그가 가장 적합한 인물이었다.

그러나 오죽노를 베는 일은 곧 자신의 목숨도 걸어야 하는 일이다. 그럼에도 환마는 검마 황조의 말을 거절하지 않았다.

"알겠소이다. 그럼 내가 그를 맡겠소."

"감사하오!"

"무슨 말씀을! 외려 그자를 벨 기회를 양보하니 내가 고맙소."

상묘운이 빙그레 미소를 짓는다.

불길이 더욱 강해졌다. 대혈곡 안에서 터져 나오는 비명 소리와 고함 소리가 지옥에서 흘러나오는 소리 같다.

그 와중에 어둠이 깃들기 시작했다. 어둠이 내려앉은 대혈곡은 더욱더 공포스러웠다. 화광이 충천하는 것이 화산이 터진 것 같기도 했다.

"그들이 승부를 거는군요."

궁비영이 말하자 귀보전이 감탄의 말을 했다.

"그동안 육마를 무시하는 마음이 있었는데 이제 보니 제 오만이었습니다."

"어째서 그렇습니까?"

"지금까지 기다린 그 인내심 때문입니다."

"그렇군요. 그들의 성정이 조급할 거란 건 선입견이었던 모양입니다."

"이렇게 되면 오죽노가 더 힘들어지겠군요."

"우리가 바라던 일이지요. 가볼까요?"

"그러시죠."

귀보전의 대답을 들은 궁비영이 불타는 대혈곡을 향해 걸음을 옮겼다.

*　　*　　*

불의 구렁텅이에서 한 사내가 괴물처럼 움직였다. 그의 도가 하늘을 가를 때마다 마인들이 쓰러졌다. 태산 같은 그 움직임에 감히 그에게 도전하는 자가 없을 정도였다.

그의 몸은 피로 젖어 있었고, 그의 눈은 살광으로 번들거리고 있었다. 흡사 야차를 보는 것 같다.

"중광, 물러난다."

한순간 광인처럼 도를 휘두르는 사내에게 중년의 사내가 소리쳤다.

"벌써요?"

사내가 고개를 돌렸다. 그의 얼굴이 불빛을 받아 번들거린다. 중광이다.

"놈들의 본대가 드디어 들어왔다."

중광에게 말을 하는 자는 중천산이다.

"아쉽군요. 저자와 한 번 더 겨뤄보고 싶었는데……."

중광이 혀를 찼다.

그의 시선이 멀리 떨어진 곳에서 철궁을 들어 구천맹도들을 도륙하고 있는 마궁 종고구에게로 향했다.

이미 한 번 손속을 겨뤄본 사이, 그러나 이틀 전에는 승부를 내지 못한 상대다.

"한가롭게 싸움 욕심이나 내고 있을 때가 아니다."

중천산이 책망하듯 말했다.

"알았습니다. 가지요."

중광이 이내 고개를 끄떡이고는 훌쩍 신형을 날렸다. 그를 따라 일단의 구천맹 맹도가 일정한 간격을 유지하면서 물러났다.

"수고했네."

대혈곡의 끝자락까지 물러난 중천산을 보며 오죽노 혜간이 말했다.

"이젠 뭘 해야 합니까?"

"사냥."

중천산이 묻자 오죽노가 짧게 대답했다.

"사냥이라시면……?"

"놈들의 기세를 늦추는 가장 좋은 방법은 마천육마 중 한 명을 제거하는 것이지. 그리되면… 놈들의 사기는 크게 떨어질 걸세."

"쉬운 일이 아닙니다. 독아 구가겸을 불속에 가둬놓고도 제거하지 못했으니까요."

"알고 있네."

오죽노 혜간이 고개를 끄떡였다.

"그런데 어떻게……?"

"함정 속의 함정이라고나 할까."

"무슨 말씀이신지 이 무식한 놈의 머리로는 가늠할 수 없군요."

중천산이 고개를 저으며 말했다.

"우리는 시간을 끌고 싶고, 저들은 빨리 이 싸움을 끝내고 싶을 걸세. 만약 자네라면 이 싸움을 빨리 끝내기 위해 뭘 하겠나?"

"그야……."

"중광, 네 생각은?"

오죽노가 갑자기 중광에게 물었다. 그러자 중광이 희쭉 웃으며 말했다.

"당연히 오죽노 님을 베겠지요."

"후후, 역시 중광이다. 덩치답지 않게 영활해."

"뭐, 그렇긴 하지요."

중광이 어깨를 으쓱거린다. 그러자 오죽노가 정색을 하며 말했다.

"마천육마 중 누군가는 반드시 날 죽이러 올 걸세."

"그렇군요. 그럼 그를 베면 되겠군요."

중천산이 이제야 이해를 했다는 듯 고개를 끄떡이며 말했다.

"그들도 내가 이 대협곡에서 구천맹의 형제들을 움직이는 수단이 무엇인지 알고 있을 걸세. 그리고 당연히 그곳에 내가 있다고 생각하겠지."

오죽노가 시선을 돌려 가파른 절벽 중단에서 끊임없이 움직이고 있는 횃불을 보며 말했다. 낮에는 깃발이 펄럭이던 곳이다.

"처음부터 다른 목적이 있으셨던 거군요!"

중천산이 나직하게 감탄한다.

"일석이조라고 할까. 우린 이제 누가 오는지를 기다리면 그뿐일세."

"직접 상대하실 생각이십니까?"

"글쎄… 솔직히 말해 나 혼자로는 위험하지 않을까?"

오죽노가 말했다. 그러자 중광이 불쑥 말했다.

"그럴 리가요. 아마… 오죽노께서야말로 이 대협곡에서 가장 강한 분일 텐데요."

"후후, 그러나 밑천을 드러낼 수는 없는 일이지."

"그럼 제게 맡겨주시겠습니까?"

"중광 네가?"

오죽노가 중광을 흥미롭게 본다. 그러자 중천산이 중광을 나무랐다.

"경거망동 말아라. 상대는 마천육마야!"

"벌써 한 번 겨뤄봤는걸요. 그리고… 뭐 어렵게 얻은 무공을 제대로 써볼 기회이기도 하고요."

"나쁘지 않지. 태양도라면……."

오죽노는 중천산과 달리 중광을 부추겼다.

"그럼 허락하신 걸로 알겠습니다."

"그러나 상대가 완전히 함정에 빠졌을 때의 일이다."

"알겠습니다."

"좋아. 월척을 낚아보자."

오죽노가 희미하게 미소를 보였다.

*　*　*

어둠을 뚫고 일백에 달하는 사람이 눈 덮인 숲을 질주하고 있었다. 간간히 그들 중에서 힘에 겨운 자들의 거친 숨소리도 흘러나왔다.

무리는 산허리를 돌아 설원으로 나왔다.

차가운 밤바람이 살을 에는 듯하지만 누구도 추위에 몸을 떠는 자는 없었다.

"가주, 이대로는 무립니다."

설원으로 들어서는 순간 앞서 달리던 장년의 사내 옆으로 노고수 한 명이 다가들며 말했다.

"그러나 시간이 없소."

"그렇기는 하지만 이대로 제시간에 도착한다 해도 싸울 힘이 남아 있지 않을 겁니다. 그래서야 소용없는 일 아닙니까?"

"그렇긴 한데… 그럼 어쩌면 좋겠소?"

"조금만 더 가면 작은 송림이 있습니다. 그곳에서 대혈곡까지는 반나절 거리. 반 시진 정도 쉬어가는 것이 좋을 것 같습니다."

"그사이 일이 틀어지면 어쩌오?"

"솔직히 말하자면 그것이야말로 하늘의 뜻이지요. 우리로선 최선을 다한 것 아닙니까? 겨우 반 시진입니다."

"하지만 오죽노께서……."

"가주, 누차 말씀드리지만 오죽노가 제룡가의 미래를 보장할 순 없습니다. 오죽노와 우린 그저 서로 거래를 한 사이일 뿐입니다. 만약 이대로 지친 형제들을 이끌고 마천의 무리와 격돌하다면 승리를 한다 해도 엄청난 손해를 감수해야 할 겁니다. 그래서야 구파든 오죽노든 어느 누가 우릴 존중하겠습니까? 반면 시간을 못 맞춰 대혈곡에서 참패를 한다 해도 본가의 세력이 건재하다면 누구도 감히 우리를 탓하지 못할 겁니다."

사내는 척담산의 뒤를 이어 제룡가의 가주가 된 척황이었다. 그에게 조언을 하고 있는 자는 제룡가 제일의 고수라 할 수 있는 천무당주 강유사다.

척황은 오죽노의 밀명에 따라 제룡가 전력의 육 할을 이끌고 북산을 떠나 대혈곡을 향하고 있었다.

"알겠소이다. 듣고 보니 천무당주님의 말씀이 맞군요. 우리가 건재해야 남들도 우릴 존중하겠지요."

"더군다나 이 싸움에 참여한 것은 우리 제룡가뿐입니다. 비산문과 자부문이야 본래부터 이 싸움의 주인이니 거론할 바가 아니고, 패한다면 우리보다야 나머지 문파들의 책임이 크지요. 우린 최선을 다한 것 아닙니까?"

"음… 확실히 그렇소. 그러고 보면 패해도 우리에게 손해날 것은 없구려."

"그렇지요. 다만 그래도 승리를 할 때보다는 얻을 것이 적지요."

강유사의 말에 척황이 고개를 끄떡였다.

"알겠소. 가기는 하되 무리는 하지 맙시다."

"옳은 결정이십니다."

강유사가 마음이 놓이는 듯 미소를 짓는다. 그때 무리의 척후로 나섰던 수풍당주 한광이 두 사람 앞으로 다가왔다.

"송림과 반나절 거립니다."

"좋소. 송림에서 반 시진 쉬어 가겠소."

척황이 말했다.

"쉬어 간단 말입니까?"

한광이 조금 놀란 표정으로 되물었다.

"사람들이 너무 지쳤소. 이대로는 마천의 마인들과 싸울 수 없소."

"알겠습니다. 그럼 자리를 찾겠습니다."

한광이 대답을 하고는 다시 앞으로 달려 나갔다.

송림에 들어오니 바람이 약해졌다. 한광은 어느새 마른 땅을 찾아 제룡가의 무인들을 인도하고 있었다.

척황을 비롯한 제룡가의 수뇌들 역시 한광이 찾은 마른 땅으로 이동해 자리를 잡았다.

사람들은 검을 풀어놓고 운기를 하든지, 혹은 삼삼오오 모여 건량으로 요기를 하면서 몸의 기운을 회복하고 있었다.

그런데 그렇게 찾아든 잠시의 여유를 뜻밖의 손님들이 방해했다.

제3장

기습

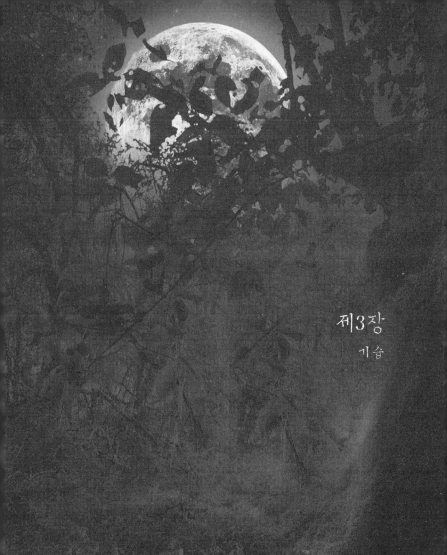

한 자루 비도가 어이없는 모습으로 날아들었다. 모두의 눈앞을 유유히 지나 떠돌이 객처럼 사람들 사이를 이동했다.

그래서 사람들은 비도에서 어떤 위협도 느끼지 못했다. 그저 신기한 밤새를 보듯 그렇게 어둠을 가르는 비도를 바라봤다. 그러나 비도가 목적지에 도착했을 때 사람들은 퍼뜩 정신을 차렸다.

"악!"

단말마의 비명이 터져 나왔다

"가주!"

비명을 지른 자 옆에 있던 사람들이 화들짝 놀라 소리쳤다. 그러나 비명을 지른 자는 이미 죽어 있었다.

죽은 자의 이름은 위도명, 그 신분이 사람들을 더욱 놀라게 했다. 제룡가 사대외가 중 우두머리로 불리는 위공가의 당대 가주가 바로 위도명이다.

비록 외가라고는 해도 척담산이 죽은 이후에는 당당히 제룡가의 수뇌로 대접받는 그였다.

그런데 그 위도명이 비도를 맞고 죽어버린 것이다.

"적이닷! 모두 조심해!"

뒤늦게 경고성이 터졌다. 제룡가의 무사들이 메뚜기 떼처럼 일어나 송림의 무성한 나무들 사이로 몸을 숨겼다.

"악!"

"크악!"

그 와중에 다시 두 명이 암기를 맞고 쓰러졌다. 제룡가의 무사들은 강호에서 내로라하는 고수였지만 은밀하면서도 부드럽게 날아드는 암기에 속수무책으로 당하고 있었다.

"웬 놈들이냐? 앞으로 나서라!"

무리의 우두머리는 척황이지만, 제룡가의 무사들이 믿는 사람은 외려 노련한 천무당의 당주 강유사다. 특히나 이런 경우에는 강유사와 같은 자가 꼭 필요하다.

"걸음을 돌려라. 하면 더 이상 피 흘릴 일은 없을 것이다."

어둠 저 멀리서 명부 사자의 울음 같은 소리가 들린다. 듣는 사람의 모골을 송연하게 만드는 목소리다.

"정체를 밝혀라!"

다시 강유사의 호통이 터졌다.

팟!

대답 대신 한 자루 비도가 날아든다. 그러나 이미 적의 존재를 알고, 적의 수법을 아는 강유사의 검은 비도를 허용치 않았다.

캉!

강유사의 검에 맞은 비도가 하늘로 솟구쳤다. 그러자 연이어 수십 개의 암기가 제룡가의 무사들을 향해 폭우처럼 쏟아졌다.

카카캉!

곳곳에서 날카로운 충돌음이 일어났다. 그리고 그 와중에 다시 서너명의 무사가 쓰러졌다.

"당주 이대로는 안 되겠소이다."

아름드리나무 뒤에서 수하들의 호위를 받고 있던 척황이 강유사에게 소리쳤다. 그러자 강유사가 재빨리 척황의 곁으로 다가들었다.

"보통 놈들이 아닙니다."

척황에게 다가선 강유사가 말했다. 젊은 가주가 혹시라도 호승심에 경거망동할 것을 우려해 미리 한 말이다.

그러나 그는 척황을 제대로 알지 못했다. 그는 위험을 감수할 만큼 용기 있는 사람이 아니었다.

"쉽게 물러가게 할 수 없는 자들 같소."

"그런 듯합니다."

"하면 놈들의 후미를 치도록 합시다."

"후미를요?"

강유사가 걱정스런 표정으로 물었다.

"그렇소. 기습에는 기습으로 대응해야지 않겠소?"

"하지만 위험한 일입니다."

"수풍당주라면 능히 해내지 않겠소?"

척황이 말했다. 그러자 강유사의 시선이 자연히 수풍당주 한광에게로 향한다.

제룡가에서 가장 빠른 자가 수풍당주 한광이다. 어둠을 이용해 적의 배후로 우회해 공격을 하려면 역시 한광이 움직여야 한다.

"그리하지요."

한광이 순순히 대답했지만 그 말투가 써늘하다. 하지만 일단 대답을 한 그는 수풍당의 수하들에게 눈짓으로 명을 내렸다. 그러자 장내에서 몇몇 사람이 한광과 함께 자취를 감췄다.

"그가… 내키지 않아 한 것이오?"

한광이 떠나자 척황이 강유사에게 물었다.

"무슨 말씀이신지……?"

"수풍당주 말이오. 내 계책이 달갑지 않은 표정이었소."

"그럴 리가 있겠습니까?"

"내가 잘못 본 걸까?"

"본래 수풍당주는 표정이 없는 사람입니다."

"음… 그렇긴 하오만. 아무튼 그 일은 나중에 따져 보기로 하고 일단 우린 방비를 철저히 합시다."

"알겠습니다."

강유사가 이 와중에서 자신의 기분을 따져 대는 척황의 행동에 가볍게 한숨을 내쉬며 대답을 하고는 손짓으로 제룡가의 무사들을 움직이기 시작했다.

문득 한광이 손을 들었다. 그러자 수풍당 고수들의 움직임이 소리 없이 멈췄다.

"무슨 일이십니까?"

한광의 오랜 심복이자 노련한 수풍당의 고수 소남홍이 빠르게 한광에게 다가서며 물었다.

"이 일이 가능하다고 보는가?"

"기습… 말이십니까?"

소남홍의 되물음에 한광이 고개를 끄떡였다.

"어려운 일이기는 하지만 저들의 배후로 갈 수만 있다면 길을 열 수도 있지 않겠습니까?"

"적이 마천이라도?"

한광이 되물었다. 그러자 소남홍이 흠칫한다. 마천이라는 이름에서 느껴지는 본능적이 두려움이 있다.

"그들일까요?"

"아니면 누구겠는가?"

"그렇다면……."

"불가능한 일일세. 잠시만 생각해도 알 수 있는 일이야. 하물며 저들 중에 육마 중 한 명만 있어도 생사를 가늠할 수 없네."

"그러나 달리 방법이 없지 않습니까?"

"아니지. 방법은 있네."

"……?"

"아침을 기다리는 거지. 날이 밝으면 기습의 위험은 사라지네. 그때 적의 전력을 판단해 진퇴를 결정하면 되네. 이렇게 서둘러 움직이는 것은 오히려 죽음을 자처하는 일일세."

한광이 단호하게 말했다. 그러자 소남홍의 의아한 표정으로 물었다.

"그런데 왜 그 말씀을 가주께 하지 않으신 겁니까?"

"음… 내가 그곳에서 이 계책에 대해 반대했다면 가주가 용납을 했겠는가? 가주는… 요즘 들어 너무 독선적이야."

한광이 한숨을 쉬며 말했다.

"그렇기는 하지요. 삼 공자의 반란을 제압한 후에는 성품이 변하신 듯합니다."

"권력이 단단해졌으니 사람도 변할밖에. 그러나 그런 독선은 오로지 북산에서만 부려야 하는 것이네. 강호에 출도해서도 같은 행동을 하면 문도들이 위험해지지."

"어쩌실 생각이십니까?"

"글쎄… 저들이 누군지 궁금하긴 한데……."

한광이 어둠 속을 바라봤다. 그러다가 이내 고개를 젓는다.

"아니야. 쓸데없는 호기심은 위험하지."

"하면……?"

"이대로 아침이 올 때까지 기다리겠네."

"가주님의 추궁이 있을 겁니다."

"그렇겠지. 그러나 그 일은 대충 둘러대면 될 일이네. 지금은 가솔들을 지키는 것이 중요해. 이런 난전에서는 살아남는 것이 중요하네. 자네 내 결정에 동의하겠나?"

한광이 소남홍을 보며 물었다.

이 일은 반드시 소남홍의 동의가 필요했다. 가주의 명을 어기는 일이다. 소남홍의 반대하면 불가능한 일이었다.

"저야 당주님의 판단을 믿습니다."

"좋아. 그럼 신중하게 움직이세. 적을 자극하지 않을 정도만 접근하세. 정체를 알아내면 좋고, 아니면 어쩔 수 없는 일이지."

한광이 중얼거렸다.

"어떤가요?"

송교연이 물었다. 그러자 남왕 적하연이 대답했다.

"움직임이 없습니다. 두려운 모양입니다."

"나쁘지 않군요."

"기습을 할 수도 있습니다만……."

"사람은 보내놓았지요?"

"그렇습니다."

적하연이 대답했다.

"좋아요. 그럼 기다려 보죠. 기습을 해 온다면 오히려 좋은 일이죠. 좀 더 강한 경고를 할 수 있을 테니까요."

"하루라고 했나요?"

적하연의 물음에 송교연이 고개를 끄떡였다. 그러자 적하연이 자신있게 말했다.

"충분히 벌 수 있는 시간입니다."

"문도들의 피해가 없어야지요."

"지금으로썬 걱정할 필요가 없을 듯합니다."

"좋아요. 오죽노가 이번에는 정말 큰 곤욕을 치르겠군요."

송교연이 희미한 미소를 지으며 말했다.

* * *

대혈곡의 불은 이미 인간의 힘으로는 제어할 수 없는 지경에 이르러 있었다. 불은 적아를 막론하고 사람들을 위협했다.

그 속에서 오죽노는 초조한 빛을 보이고 있었다. 이는 그에게선 좀체 보기 힘든 모습이었다.

"육진이 뚫렸습니다."

급히 날아든 무사 한 명이 오죽노에게 보고한다.

"물러나 삼선에서 적을 맞으라 하라."

"옛."

오죽노에게 보고했던 자가 빠르게 다시 사라졌다. 그러자 오죽노 곁에서 중천산이 걱정스런 표정으로 말했다.

"너무 빠른 듯합니다."

"그렇게 말이네. 놈들의 기세가 생각보다 강하군."

오죽노가 눈살을 찌푸리며 말한다.

"삼선까지 물러나면 이제 두 개의 방어선만 남습니다. 그 안에 제룡가주가 와야 할 텐데요."

"올 걸세. 그에게는 천재일우의 기회니까."

"그렇기는 하지요."

"그런데… 그들은 왜 오지 않는 것일까?"

오죽노가 기다리고 있는 것은 제룡가주 척황만이 아니었다.

그는 자신을 미끼로 마천육마 중 하나를 낚으려 하고 있었다. 그런데 어디서도 그를 암살하려는 자는 나타나지 않고 있었다.

"그 일이야 확신할 수 없는 일이지요."

중천산이 말했다. 마천육마 중 누군가가 올 것이라는 것은 제룡가가 오는 것과는 다른 문제였다.

제룡가주는 오죽노가 움직일 수 있지만 마천육마는 오직 기다리는 것밖에는 방법이 없었다.

"나라면… 반드시 올 텐데……."

오죽노가 하늘을 바라본다.

아직은 어둠이 짙다. 새벽에 온다면 한 시진 정도는 시간이 남아 있었다.

그런데 그때였다. 문득 어둠 속에서 중광의 나직한 목소리가 들렸다.

"서쪽입니다."

순간 오죽노의 눈에 한줄기 광채가 나타났다 사라졌다. 그의 입가에 한줄기 미소가 감돈다.

"왔군."

"역시 총군사십니다. 정말 오는군요."

"후후, 아니 올 수 없었을 거야. 천하의 오죽노를 잡을 수 있는 기회인데……."

"조심하십시오."

"자네 부자를 믿네."

"그건 더 위험한 일이군요."

"후후후, 마음이 말인가? 능력이 말인가?"

오죽노가 웃으며 물었다.

"둘 다일지도 모르지요."

중천산이 가볍게 고개를 숙여 보이며 대답했다. 그러자 오죽노가 고개를 저으며 말했다.

"능력이라면 모를까 자네 부자의 마음은 믿네."

"어째서 그렇습니까?"

"자네 부자가 내게 충성심을 가지고 있다는 말은 아니네. 단지… 서로 같은 모멸감을 갖고 사는 사이라고나 할까?"

"……."

중천산이 대답이 없자 오죽노가 다시 말했다.

"우리가 궁씨 부자에게 한 그 일들 말일세. 가끔 잠에서 깰 정도로 모멸감이 드는 일이지. 그 모멸감을 서로 이해한다는 것! 그건 말일세, 정보다도 더 강한 결속력을 만들어내지. 왜냐하면 상대방의 존재로 인해 내 존재가 정당성을 인정받으니까. 자네들에게 난 반드시 필요한 존재야."

오죽노의 말에 중천산이 그답지 않게 허탈한 웃음을 흘리며 물었다.

"악연일까요?"

"우리?"

"예."

"후후, 모르지. 아마도 시간이 말해주지 않겠는가?"

"그렇군요. 아직은 모르는 일이군요."

"오는가 보군."

오죽노가 눈빛을 빛내며 말했다. 그러자 중천산이 그 자리에서 떠오르며 한 자루 도(刀)로 허공을 갈랐다.

벼락같은 도기가 화광충천한 밤공기 속에서 번뜩였다.

콰앙!

강력한 파열음이 일어나더니 벼락같은 섬광이 절벽을 파고 들었다. 그러자 벼락이 지나간 공간을 따라 검은 옷자락이 너울거린다.

"제법이구나!"

중천산이 잘린 옷자락을 남겨두고 뒤로 물러나는 검은 인영을 향해 달려들었다. 그러자 검은 인영도 마주 검을 빼 들고 중천산을 상대하기 시작했다.

카카캉!

날카로운 소성이 요란하게 일어났다. 중천산과 검은 인영이 순식간에 십여 초를 교환했다.

그러나 쉽사리 승부는 나지 않았다. 서로의 무공이 상극인 것처럼 보였다.

중천산의 도는 강력했고, 검은 인영의 검은 날렵하고 음울했다. 중천산의 도가 광풍을 일으킬 때마다 검은 인영은 미풍처럼 움직이며 중천산의 빈틈을 노렸다.

이렇게 서로 성질이 다른 무공을 가진 자들의 승부는 쉽게 나지 않는 법이다.

"호각지세라… 나쁘지 않군."

오죽노가 중얼거렸다.

그런데 그때였다. 갑자기 그의 왼편 오 장여 밖에서 다시 한 번 천둥이 쳤다.

쿠릉!

강력한 충돌의 기세에 절벽 한 귀퉁이가 우르르 무너져 내렸다. 중천산과 검은 인영의 충돌이 금세 잊혀질 정도로 강한 충격이다.

"쥐새끼 같은 놈!"

어둠 속에 숨어 있던 중광이 호랑이 같은 모습으로 뛰쳐나오며 소리쳤다. 그의 손에 들린 도가 화광을 받아 살기로 번들거렸다.

웅!

중광의 도가 절벽 아래로 떨어져 내리는 흑의인을 따라붙었다. 맹렬하게 내려꽂히는 중광의 도에 흑의인의 몸이 금방이라도 반으로 갈릴 듯하다.

그러나 흑의인 역시 고수였다. 한순간 그의 손에서 두 자루의 비도가 발출됐다.

날카로운 파공음이 일어나며 두 개의 비도가 중광의 하체를 향해 날아올랐다.

"놈!"

중광이 고함을 치며 도를 휘둘렀다. 그러자 그의 도에서 일어난 도기가 단번에 두 자루 비도를 튕겨냈다.

번쩍!

연이어 중광의 도에서 도광이 일렁이는 순간 도기가 흑의인의 몸을 반으로 갈랐다.

그런데 그 순간 흑의인이 마치 허수아비처럼 펄럭였다.

삭!

중광의 강력한 도가 종잇조각 썰 듯 흑의인을 베었지만 기대와 달리 중광의 손에는 어떤 무게도 느껴지지 않았다.

"환술을 쓰는구나!"

중광이 소리치며 허공에서 재빨리 신형을 틀었다. 그의 발에 절벽의 한쪽이 걸린다.

탁!

중광이 발끝으로 삐죽 튀어나온 날카로운 바위를 차고 허공으로 날아올랐다. 그런데 어느 틈에 그의 머리 위로 이동한 흑의인이 중광을 향해 날카로운 살검을 뿌려대고 있었다.

순간 중광이 도를 가슴으로 모으며 움츠리는 듯한 자세를 취했다가 그대로 튕기듯 도를 그어 올렸다.

그의 도에서 눈부신 광채가 방패처럼 일어나더니 그 모습 그대로 자신을 향해 떨어져 내리는 검초를 밀고 올라갔다.

투퉁!

가죽 부대 두드리는 소리가 일어났다. 연이어 중광의 도막에 막힌 검초들이 사방으로 튕겨져 나갔다.

우웅!

중광의 도가 더 힘을 냈다. 그의 도막이 그대로 흑의인을 밀어붙였다.

"흡!"

급기야 숨소리조차 내지 않던 흑의인의 입에서 다급한 음성이 흘러나왔다. 동시에 그의 몸이 낙엽처럼 흔들리며 절벽 아래로 떨어지기 시작했다.

"머리를 두고 가거라!"

중광이 노성을 터뜨리며 추락하는 흑의인을 덮쳐 갔다.

"대단해. 그러나 너무 쉬워……."

오죽노가 흑의인을 사지로 몰아넣고 있는 중광을 보며 중얼거렸다.

중광의 무공은 그가 상상했던 것 이상이었다. 물론 오죽노 자신이 전한 무공이 고금절후의 신공이라 볼 수 있는 것이지만, 그렇다고 해도 마천육마를 상대해서 이처럼 쉽게 승기를 잡을 수 있다고는 생각할 수 없었다.

"육마가 직접 오지 않은 것인가?"

실망한 표정이 얼굴이 드러난다. 그러면서도 한편으론 심기가 불편한 모습이다.

"이자들이 날 너무 업신여기는 것이 아닌가? 겨우 수하들을 보내 내 목을 가져가겠다니……!"

혼잣말을 중얼거리던 오죽노가 한순간 그대로 허공으로 치솟았다. 그런 오죽노를 향해 마치 흑룡이 일어나듯 검은 기운이 무서운 속도로 휘몰아쳐 올라왔다.

"혼마!"

오죽노가 놀란 목소리로 소리쳤다. 그의 발을 낚아채듯 휘몰아 올라오는 검은 기운 속에 희미한 사람의 얼굴이 보인다. 혼마 상묘운의 웃는 얼굴이다.

휘류륭!

한순간 검은 기운이 파도처럼 일렁였다. 그러자 갑자기 불어난 검은 기운이 그대로 오죽노를 덮쳤다.

혼마 상묘운은 환술로는 마천을 넘어 강호제일고수로 알려진 자다. 그가 펼치는 이 기이한 무공은 흑마공이라는 것으로, 일단 그 검은 기운에 휘감기고 나서는 살아난 사람이 없다고 알려진 무서운 마공이었다.

"총군사!"

어둠 속에서 숨어 있던 구천맹의 고수들이 갑작스런 오죽노의 위기에 놀라 소리를 지르며 튀어나왔다.

그러나 검은 기운에 휩싸인 오죽노는 이미 절벽에서 훌쩍 벗어나 있는 상태였다. 그를 호위하는 무사들도 미처 손을 쓸 수 없었다.

"그대의 재주는 하늘에 닿았다. 그러나 아쉽게도 천운을 얻지 못했구나!"

검은 기운 속에서 혼마 상묘운의 목소리가 들린다. 그러자 갑자기 우레 같은 오죽노의 목소리가 터져 나왔다.

"마천의 마졸 따위에게 당할 나 오죽노가 아니다!"

번쩍!

오죽노의 말이 끝나는 순간 그를 둘러싼 검은 기운 속에서 번개 치듯 한 줄기 섬광이 번쩍였다. 그러자 거짓말처럼 검은 기운에 균열이 가기 시작했다.

쩌저적!

지진에 땅 갈라지는 소리가 일어났다. 그 소리에 따라 오죽노를 감싼 검은 기운들이 하나둘 조각나 사라지기 시작했다.

팟!

한순간 검은 기운이 완전히 걷히자 학사 차림의 혼마 상묘운이 급히 공세를 풀고 절벽 아래로 떨어져 내리기 시작했다.

팟!

한줄기 날카로운 검기가 절벽 아래로 떨어져 내리는 상묘운의 문사건을 잘랐다.

푸스스!

상묘운의 머리가 바람에 흩날린다.

쿵!

상묘운이 둔중한 소리를 내며 두 발로 땅을 디뎠다. 그의 다리가 발목까지 땅에 박혀들었다.

그러자 그 맞은편에 오죽노 혜간이 역시 무거운 움직임으로 내려섰다. 그의 얼굴은 하얗게 변해 있었는데, 그건 그가 자신의 한계를 넘어 공력을 썼다는 의미다.

"놀랍군… 오죽노에게 이런 무공이 있을 줄이야."

상묘운이 오죽노를 보며 중얼거렸다.

"무림이란 곳은 아무리 지모가 뛰어나다 해도 무공이 없으면 살아남기 어려운 곳이 아니오?"

오죽노가 애써 태연한 모습을 보이며 말했다.

"그런데… 더 쓸 힘이 남아 있을까?"

상묘운이 물었다. 그러자 오죽노가 창백한 얼굴에 한줄기 미소를 머금었다.

"확인하고 싶다면 언제든……!"

오죽노가 두 팔을 들어 올렸다. 언제든 공격을 받아주겠다는 뜻이다.

상묘운의 얼굴에 갈등이 서렸다. 당장 공격을 가하면 오죽노를 벨 수 있을 것 같으면서도, 오죽노의 모습이 함정일 수도 있다는 생각이 그의 발을 묶었다.

그런데 그 잠시의 망설임으로 상묘운은 오죽노를 공격할 기회조차 잃었다.

한순간 십여 명의 구천맹 무사가 오죽노 주위에 내려섰기 때문이었다.

"오늘은 내가 손해를 봤군. 그러나 다음번에는 결코 호락호락하지 않을 것이오."

"후후, 기다리고 있겠소."

오죽노가 흐릿한 웃음을 흘린다. 그러자 상묘운의 신형이 그 자리에서 연기처럼 흩어지기 시작했다.

"돌아간다!"

몸은 사라지고 상묘운의 목소리만 들렸다. 그러자 중천산과 겨루고 있던 자가 불타는 대혈곡 속으로 사라졌다.

하지만 중광을 상대하던 자는 몸을 피하지 못했다. 그는 이미 중광의 도에 죽었기 때문이었다.

"스승님!"

혼마 상묘운이 물러가자 오죽노를 둘러싸고 있던 무사 중 중년인이 재빨리 오죽노를 부축했다. 오죽노의 대제자 종목염이다.

"목염!"

"예, 스승님!"

"네 사제들을 불러라. 그리고 퇴로를 확보해!"

"스, 스승님!"

마치 유언을 남기려는 듯한 오죽노의 모습에 종목염의 목소리가 떨린다.

"난 괜찮다. 죽지 않아. 그러나 이 싸움은……."

오죽노가 힘겹게 불타는 대혈곡을 바라본다.

화광이 잦아들 줄 모른다. 그 자신이 지른 불이다. 그러나 그도 이제는 그 불이 두려워 보이는 듯했다.

"새벽달이 뜰 때까지 척황이 오지 않는다면… 물러난다."

"그러나 그렇게 되면……."

종목염이 말꼬리를 흐린다.

"물론, 전멸에 이르는 타격을 받겠지. 어쩌면 우린… 구천맹을 떠나야 할지도 모른다. 그러나 살아남는 것이 중요하다. 살아 있으면 다시 기회를 잡는 법이지."

"아직 승부를 포기할 때는 아니지 않습니까?"

곁에서 듣고 있던 중천산이 물었다.

그의 굴강한 얼굴에 고집이 엿보인다. 오죽노의 결정이 불만인 모양이었다.

"물론 아직은 그렇소."

"그런데 왜 이렇게 일찍 그런 명을……?"

"그건… 내가 잠시 잠을 자야 할 것 같기 때문이오."

오죽노의 말에 중천산이 화들짝 놀랐다.

"그렇게 안 좋으신 겁니까?"

"마천육마, 마천육마하더니. 명불허전. 그자가 일수만 더 썼다면 난 죽었을 것이오."

"아!"

"하지만 소득이 아주 없는 것도 아니지. 오늘에서야 제대로 알았소. 마천육마 중 가장 무서운 자는 검마도 마불도 아닌 바로 혼마 상묘운이라는 것을… 그자는 무공을 숨기고 있었어. 나처럼 말이야. 후후, 결국 나와 동류의 인간이란 뜻이지."

오죽노의 안색이 더욱 하얗게 변했다.

"말씀을 많이 하지 마십시오."

중천산이 말했다.

"후후, 고마운 일이군. 중 가주 그대가 날 걱정하다니."

"총군사……."

"시작이야 어쨌든 이젠 한배를 탄 사람이란 것이오? 즐거운 일이야. 그리고… 광!"

오죽노 혜간이 무심히 서 있는 중광을 불렀다. 그러자 중광이 말없이 오죽노에게 다가섰다.

"잘 보았다."

"뭘 말입니까?"

중광은 오죽노가 죽어도 눈 하나 깜짝하지 않을 것 같은 얼굴이다.

"네 도법!"

"뭐… 볼만했습니까?"

"아주… 아주 뛰어났다. 기대 이상이었어. 네게 시간이 조금만 더 주어지면 넌 결국 양왕의 경지에 도달하게 될 것이다."

"운이 따르면 그렇겠지요."

"운이 아니라 시간이 필요해, 네겐… 아무튼 뒤를 부탁한다."

"제가 할 일은 하지요."

"흐흐, 네놈은 여전히 날 스승으로 여기지 않는구나."

"별걸 다 기대하십니다."

"중광!"

오죽노를 부축하고 있던 종목염이 노한 눈으로 중광을 노려보며 소리쳤다. 그러자 오죽노가 손을 들어 종목염을 말렸다.

"괜찮다. 사실 저 녀석은 날 멀리할 자격이 있어. 스승 대접받기를 바라면 것은 내 욕심이지. 아무튼 잘들 듣거라. 내가 정신을 잃으면 대략 세 시진 후에나 깨어날 것이다. 절대, 그 어떤 누구에게도 내 상태를 알리면 안 돼! 알겠느냐?"

"예, 스승님!"

종목염이 대답했다. 그러자 중천산이 물었다.

"비산문주와 자부문주에게도 말입니까?"

"그들도 몰라야 하오. 우리가 퇴로를 구축하는 것조차도 말이오. 그들은… 후퇴하는 우릴 위해 시간을 벌어줘야 할 사람들이오. 살고 죽는 것은 결국 그들이 몫이지. 나중에 퇴로를 알려주기는 하시오."

"총군사……."

오죽노의 독한 심성에 중천산이 자신도 모르게 부르르 몸을 떤다.

"내가 이런 사람이란 걸 몰랐던 것도 아니지 않소? 자, 그럼 날 동굴로 데려가라!"

오죽노의 명에 종목염이 오죽노를 안고 절벽을 타고 오르기 시작했다.

"지금이라면 그를 벨 수 있을지도 모르겠군요."

귀보전이 입맛을 다시며 말했다.

"어려울 겁니다."

"……?"

궁비영의 대답에 귀보전이 의아한 표정으로 궁비영을 바라봤다. 혼마 상묘운의 공격으로 크게 다친 듯 보이는 오죽노기 때문이었다.

"광의 무공이 심상치 않아요."

"중광 그 말입니까?"

귀보전이 되물었다. 궁비영이 가볍게 고개를 끄떡인다.

"그를 감당하지 못할 거란 말씀이십니까?"

동의할 수 없는 일이다.

물론 혼마 상묘운과 함께 오죽노를 공격했던 마천의 고수를 베어버린 중광의 무공이 대단했던 것은 사실이다. 그러나 상묘운이 아니라 그의 수하 정도를 베는 무공은 두려울 것은 없다. 동왕 자신만 하더라도 능히 중광을 상대할 것 같았다.

"녀석 정도의 무공을 지닌 자가 여럿이라면 다른 문제지요."

"그럴까요?"

"녀석이 오죽노 밑에 들어간 것은 그리 오래된 일이 아닙니다. 그런데 오늘 본 녀석의 도법은 내가 모르던 것이었지요.

아마… 태양도 같은데…….”

궁비영이 말꼬리를 흐렸다.

“태양도! 정말 태양도로 보셨습니까?”

귀보전이 놀란 표정을 짓는다.

유령문의 계명흑성이 되기 위해 화인 노송의 무공을 수련하면서 궁비영은 자연스럽게 과거 육혈무성의 무공들에 대해 알게 되었다. 그중 양왕 염혁의 태양도가 오늘 중광이 시전한 도법과 흡사했다.

“하긴 양왕의 무공은 오죽노가 마곡산에서 탈취한 육혈무성의 무공 넷 중 하나지요. 가능성이 아주 없는 것은 아닙니다.”

귀보전이 고개를 끄떡이며 말을 이었다.

그러자 궁비영이 말했다.

“우린 오죽노가 육혈무성의 무공들을 스스로 수련했을 거라 생각하고 있었습니다. 그러나 그가 그 무공들을 자신의 사람들에게 전수했다는 것이 오늘 드러난 것이지요.”

“음… 참 대범한 자입니다. 육혈무공의 무공을 독점하지 않다니.”

“무공을 수련한 자들을 제어할 수 있다는 뜻이지요. 아무튼 육혈무성의 무공들을 수련한 자들이 그의 곁에 서넛만 있어도 지금 그를 공격하는 것은 어려운 일입니다.”

“후우… 그렇지요. 유령사들을 동원해야 할 일이지겠지요. 역시 오늘은 때가 아닌 모양입니다.”

귀보전이 실망스런 표정으로 말했다.

"뭐 그렇게 실망하실 필요는 없습니다. 애초에 오늘 그를 벨 생각은 아니지 않았습니까? 더군다나 그가 심각한 부상을 입었다면 이 싸움은 구천맹의 필패지요."

"그의 부상을 숨기려하겠지요?"

귀보전이 말했다. 그러자 궁비영이 빙그레 웃으며 말했다.

"지금이야말로 유령사들이 움직일 때지요."

"소문을 내란 말씀이군요."

"이 광란의 전장에서 오죽노의 부상 소식은 불길보다도 무서울 것입니다."

"알겠습니다."

귀보전이 고개를 끄떡였다.

대혈곡 곳곳에서 오죽노가 심혈을 기울여 구축한 방어선들이 무너지기 시작했다.

어느 순간부터 마천 마인들의 전의가 크게 솟구쳤다. 반면 구천맹도들의 전의는 눈에 보이기 시들어가고 있었다.

누구의 입에서인지, 혹은 어느 쪽에서인지 알 수 없는 한 가지 소식이 전장에 전해진 이후의 일이었다.

오죽노 혜간이 큰 부상을 입었다는 소식은 대혈곡의 전세를 한순간에 결정지었다.

구천맹의 고수 중 가장 먼저 검을 거두고 오죽노를 찾아 움직인 자들은 자부문과 비산문의 문주들이었다.

두 사람은 마치 약속이나 한 듯 오죽노가 대혈곡 전체의 맹도들을 지휘하고 있던 북쪽 절벽 아래에 이르렀다.

"오셨소이까?"

비산문주 왕찬이 자부문주 공륭이 나타나자 심각한 얼굴로 그를 맞이했다.

"소식 들으셨소?"

공륭이 되물었다.

"그 소식을 듣고 오는 길이오. 큰일이오. 방어진은 이미 의미가 없어졌소. 자칫하다가는 이 불구덩이 속에서 전멸하게 생겼소."

왕찬이 대답했다.

"오죽노는 만났소?"

"나도 지금 막 도착하는 길이오. 그런데… 이상하긴 하구려. 마중하는 사람이 없지 않소?"

"음… 그렇구려."

왕찬이 심각한 표정으로 고개를 끄떡인다. 그런데 그때 절벽 위에서 한 명의 중년인이 아래로 내려섰다.

"오셨습니까?"

두 사람을 맞이한 사람은 구천맹 일원삼기 중 청웅기주 서리다.

"청웅기주가 여기에 계셨소?"

왕찬이 놀란 표정으로 서리를 보며 물었다. 청웅기가 싸움에 관여하고 있는 줄은 몰랐던 모양이다.

"조금 전에 도착했습니다."

"아, 그렇구려. 그래, 오죽노는 만났소?"

"만나 뵈었습니다."

"어떠하오?"

"그것이……."

"정말 당한 것이오?"

"죽은 것은 아니나 정신을 잃은 상태입니다."

"아!"

왕찬과 공륭이 동시에 탄식을 흘렸다.

"도대체 어쩌다가?"

왕찬이 화가 난 표정으로 물었다. 있을 때는 껄끄러운 존재이나 정작 오죽노에게 문제가 생기자 부모 잃은 아이가 된 듯한 두 사람이다.

"혼마가 왔었다고 하오."

"혼마 상묘운이?"

"그렇소. 그자가 혼란을 틈타 암습을 했는데, 어찌 겨우 물리치기는 했으나 기력을 너무 소진하는 바람에 그만……."

"음, 이거 큰일이군."

왕찬이 중얼거렸다. 그러자 서리가 다시 입을 열었다.

"정신을 잃으시기 전에 명이 있었다 합니다."

"그럴 시간이 있었더이까?"

"아주 잠시 정신이 있었답니다."

"뭐라 했다고 하더이까?"

"아직 승부는 끝나지 않았다고 했답니다. 제룡가의 원군이 오면 상황을 역전시킬 수 있다고. 해서 오죽노 당신에 대한 소식도 함구하라 했는데 어떻게 사람들에게 알려진 것인지……."

"음… 그렇군. 아직 제룡가의 원군이 남아 있군."

왕찬이 고개를 끄떡인다.

"오죽노께서 말씀하시길 새벽별이 뜰 때까지 원군이 오면 혼신의 힘을 다해 싸울 것이고, 만약 그렇지 않다면 각자 살길을 찾아 퇴각하라 하셨답니다."

"퇴각? 어디로 퇴각을 한단 말인가? 대혈곡의 출구는 오직 하나이거늘……."

"그것이 그렇지가 않습니다."

서리가 조심스레 말했다.

"그럼 따로 퇴로가 있단 말이오?"

두 사람의 대화를 듣고 있던 공룡이 서둘러 물었다.

"아직 완성이 된 것은 아니지만 그나마 사람이 드나들 만한 토굴이 서쪽 절벽을 관통해 이어져 있습니다. 본래는 출구가 없는 깊은 동굴에 지나지 않았는데 토귀가 반대쪽과 이어지게 굴을 뚫었지요."

"그렇군. 그래서 오죽노가 이곳을 전장으로 택한 거야. 그런데 왜 그 이야기를 미리 하지 않았을까? 그는 단지 이곳에 뒤로 물러나 몸을 숨기고 적을 상대할 동혈을 몇 곳 준비했다고만 하지 않았던가."

왕찬이 화가 난 표정으로 중얼거렸다. 그러자 공륭이 말했다.

"그는 아마도 우리 모두가 배수진을 친 심정으로 싸우길 바랐던 모양이오."

"고약한 인사로고!"

왕찬이 혀를 찬다. 그러자 서리가 얼른 말했다.

"그때는 퇴로가 아직 완성되지 않았기 때문이었을 겁니다. 지난 자정쯤에야 겨우 길이 뚫렸다고 하더군요. 사실 성공 여부가 불확실한 일이었다고 합니다."

"음… 알겠소. 하면 일단 새벽까지는 버텨봅시다."

왕찬이 공륭을 보며 말했다. 그러자 공륭이 고개를 끄덕인다.

"그럽시다. 이대로 물러나기에는 아쉬운 일이니… 좀 도와주시구려."

공륭이 서리를 보며 말했다.

"말씀하십시오."

"청웅기의 형제들을 움직여 대협곡에 있는 맹도들을 이리로 모아주시오."

"알겠습니다."

서리가 고개를 숙여 보이고는 급히 모습을 감췄다.

제4장

패주(敗走)

육마가 한데 모였다. 여섯 사람이 모이자 천하의 기운이 모두 그들에게서 흘러나오는 듯했다.

감히 마천의 마인들조차도 그들 곁으로 쉽사리 접근하지 못했다. 그러니 그들을 상대해야 하는 구천맹 맹도들의 두려움을 능히 짐작할 수 있었다.

"오죽노! 어디 숨어 있느냐? 앞으로 나서라!"

무리의 앞으로 나서 소리치는 자는 목왕 적월이다. 그의 눈에서 사이한 빛이 흐른다. 그 눈빛을 본 자들이 정신을 잃는다는 말이 거짓이 아님을 알 수 있는 안광이다.

목왕 적월의 호령에도 구천맹 쪽에서는 아무런 반응이 없다. 그러자 적월이 다시 소리쳤다.

"오죽노! 네 한 근 머리가 세워놓은 모든 계획은 어그러졌다. 오늘 이곳이 너의 무덤이 될 터인데 너 하나를 희생하면 다른 사람들의 목숨은 살릴 수 있다. 나서라!"

교묘한 신경전이다. 말 한마디로 오죽노와 구천맹도들 사이에 틈을 만들고 있는 적월이다.

전세가 비등한 경우라면 모를까, 이렇게 몰살의 궁지에 몰려 있는 구천맹도들에게 적월의 말은 달콤한 유혹이었다.

그러나 구천맹의 사람 중 노련한 자가 없는 것도 아니었다. 왕찬과 공륭은 비록 효웅이지만 그렇다고 적월의 얕은 수에 쉽사리 넘어갈 위인들은 아니었다.

"목왕, 그대는 언제나 남의 눈과 귀를 현혹시키려는 버릇이 있구려."

"자부문의 공 문주시구려."

목왕 적월이 공륭을 보고 아는 척을 한다.

"월곡에서 보고는 처음이구려."

공륭이 대답했다.

"후후후, 월곡에서 문주의 검이 일 촌만 길었어도 내 목은 떨어졌을 것이오."

"지금도 아쉬운 일이오."

월곡투에서 공륭은 목왕 적월을 거의 잡았다가 놓쳤었다.

"하하하, 맞는 말이오. 하지만 세상일이라는 것이 어디 마음대로 되겠소? 인간사 다 때가 있는 거지. 그런 면에서 보자면 오늘은 하늘이 내게 기회를 준 모양이오. 공 문주, 오죽노를 내어주시오. 하면… 그대들의 목숨은 보장하리다.”

적월의 말에 공륭이 비릿한 웃음을 짓는다.

“그렇게 살아남은 우린 어찌 되는 거요?”

“그것은…….”

갑작스런 질문에 적월이 대답을 하지 못한다.

“마천의 노예로 평생을 살아야 하는 것이오?”

“한배를 탈 수도 있소.”

“하하하! 그 말을 믿을 사람이 이곳에 있겠소? 마천 어떤 곳이지 모두 아는데 어찌…….”

사로잡힌다면 노예보다 못한 삶이 기다리리라. 더군다나 자부문과 비산문 본문에 남아 있는 가솔들은 배신자의 가문이라는 낙인이 찍혀 강호의 손가락질을 받으며 가문이 산산이 흩어지는 것을 보게 될 것이다. 비정한 강호. 비굴한 삶을 선택한 자들에 대한 대가는 서릿발같이 차고 고통스러울 것이다.

“좋소, 좋아. 강호의 생리를 아는 사람에게 더 이상 권하지 못할 일이지. 그러나… 다른 사람들은 어떻겠소? 오물에 굴러다녀도 이승이 낫다는 말이 있소. 사람에겐 무엇보다 목숨이 중한 것이오. 모두 들어라. 항복한다면 목숨은 살려주마! 그중 재주 있는 자는 본 천의 형제로서 살아갈 수도 있다!”

적월이 공륭과 왕찬의 뒤쪽에 서 있는 구천맹도들을 보며 소리쳤다.

이 역시 적의 투기를 꺾는 유혹이다. 사실 비산문이나 자부문의 혈족이 아닌 문도들은 명예를 지키는 것보다 사는 것이 더 중요할 수도 있기 때문이었다.

그러나 적월의 유혹이 당장은 효과를 내지 못했다. 아마도 그건 구천맹도들이 이 싸움의 승패가 아직은 결정되지 않았다고 느끼기 때문일 터였다.

"쓴맛을 보여줘야 제대로 말을 들을 것 같소."

적월이 다른 육마를 돌아보며 말했다. 그러자 마불 구르간이 앞으로 나섰다.

"내게 맡겨주시오."

마불의 말에 적월이 슬쩍 비켜서며 말했다.

"마불이시라면 저들에게 충분히 공포를 심어주실 수 있을 것이오."

"나도 함께 가겠소."

독아 구가겸도 나선다.

독아라면 사실 마불보다도 더 이 일에 적합한 사람이다. 그가 주는 공포감은 마불의 공포감과는 또 다른 형태의 것이다.

"시작은 내가 하겠소."

마불과 구가겸이 앞으로 나서자 마궁 종고구가 철궁을 앞세우며 세 걸음 앞으로 나섰다. 그러자 마불과 구가겸이 지체하지 않고 구천맹의 진영을 향해 치닫기 시작했다.

쐐애액!

구천맹 진영을 향해 달리는 마불과 구가겸의 머리 위로 마궁 종고구가 쏜 화살이 날아갔다.

퍽!

"악!"

종고구의 화살이 여지없이 구천맹도 한 명의 목숨을 앗아갔다. 그러자 뒤를 이어 백여 대의 화살이 하늘을 메우며 구천맹도들에게 날아들었다. 종고구와 그의 수하들이 쏘아낸 화살들이었다.

퍼퍼퍽!

구천맹도들 사이로 강전이 꽂혀든다.

"욱!"

"끄윽!"

몇 명의 신음 소리가 흘러나온다. 미리 준비를 하고 있던 터라 구천맹도들도 쉽사리 화살 공격에 당하지는 않았다.

그러나 종고구와 그 수하들의 화살 공격이 마불 구르간과 독아 구가겸에게 길을 열어준 것은 분명했다.

"어디 솜씨들을 보자!"

마불 구르간이 구천맹 진영에 뛰어들었다. 그의 손이 수시로 모양을 바꾸기 시작했다.

그가 주먹을 내지를 때는 강력한 권기가, 손에 날을 세워 적을 칠 때는 날카로운 검기 같은 기운이 일어났다.

퍼퍼퍽!

하늘을 가득 메운 권기와 수영이 구천맹도들을 덮쳤다.

"악!"

누군가의 단말마 비명을 시작으로 구천맹도들이 쓰러지기 시작했다. 마불 구르간은 양 떼 사이에 뛰어든 호랑이처럼 날

뛰었다. 그가 향하는 방향으로 파도가 갈리듯 길이 열렸다.

그리고 호랑이처럼 날뛰는 마불의 뒤를 따라 조용하면서도 음산하게 독아 구가겸이 움직였다.

"크!"

"욱!"

구가겸의 검이 번뜩일 때마다 나직한 신음성과 함께 구천맹 도들이 쓰러졌다.

마불 구르간의 권장에 당한 자 중에는 죽은 자도 있고 산 자도 있었지만 독아 구가겸의 검에 당한 자들은 하나같이 죽음을 면치 못했다.

살검, 독아 구가겸의 검을 단 한마디로 표현하자면 바로 살검이란 말이 가장 잘 어울렸다.

"이… 악독한! 멈춰라!"

한순간 노성이 터지면서 십여 명의 사람이 구르간과 구가겸의 앞을 막아섰다.

"이제야 나서셨군. 그래, 날 상대할 용기가 있으신가?"

자신의 앞을 막아선 자부문주 공륭을 보며 마불 구르간이 물었다.

"목을 벨 자신도 있지."

공륭이 호기롭게 말했다. 간혹 우유부단한 모습을 보일 때도 있지만 공륭은 대자부문의 문주다.

자부문이 어디던가. 천하를 지배하는 구천맹 구파의 일문이다. 그곳의 수장이라면 능히 마불 구르간을 상대할 자격이 있었다.

"좋아. 자부문주라면 날 상대할 자격은 충분하다."

마불 구르간도 공륭을 자신의 상대로 인정했다.

"그대의 자격도 시험해 보겠다."

공륭이 차갑게 일갈하며 마불 구르간을 향해 뛰어들었다.

차릉!

공륭의 검이 허공에서 잘게 흔들리며 투명한 공명을 만들어 낸다. 순간 그의 검이 여러 개로 갈라지는 듯싶더니 사방에서 마불 구르간을 찔러갔다.

간결하면서도 매서운 검초다. 검의 화려함을 드러내는 그 어떤 변화도 없는 실전적이 검법이다.

"과연 구파의 수장답구나!"

마불 구르간이 뒤로 물러나며 소리쳤다. 동시에 그의 손이 어지럽게 허공을 휘젓는다.

휘우웅!

마불 구르간의 손길에 따라 파공음이 일어났다. 그의 주변 공기가 그의 손에 의해 일그러지는 느낌이 들었다. 그러다 한 순간 구르간이 번개처럼 팔을 휘둘렀다.

쿠우웅!

구르간의 손에서 일어난 붉은 기운의 장력이 그대로 공륭을 향해 밀려 나갔다.

"하앗!"

공륭이 한 줄기 기합성을 뽑아냈다. 그러자 여러 갈래로 갈라졌던 그의 검초들이 하나로 모이면서 구르간의 장력을 뚫었다.

삭!

큰 충돌음도 일어나지 않았다. 공릉의 검은 무를 베듯 구르간의 장력을 뚫고 들어갔다.

그런데 한순간 구르간이 살짝 손을 틀었다. 그러자 그의 손에서 흘러나오던 붉은 기운이 좀 더 짙어지더니 공릉의 초식이 흔들리기 시작했다.

"음!"

공릉의 입에서 나직한 침음성이 흐른다. 일단 적의 장력을 뚫었으나 그 순간 구르간의 장력이 자신의 검을 옭아매듯 휘감았던 것이다.

검이 그의 마음대로 움직이지 않았다. 갑자기 싸움이 진기의 대결로 변한 듯했다.

두 사람의 얼굴이 상기되기 시작했다. 둘 모두 단 한 번의 실수도 용납할 수 없는 순간이다.

그런데 이어질 듯하던 공력 대결이 갑자기 끊어졌다. 갑자기 두 사람의 장력과 검이 맞닿아 있던 지점에 한 명의 신형이 떨어져 내렸기 때문이다.

쿵!

두 사람이 급히 공력을 거두며 뒤로 물러났다.

"왕 문주!"

공릉이 둘 사이에 떨어진 사람을 확인하고는 화들짝 놀라 그를 불렀다. 땅에 떨어져 비틀거리며 몸을 일으키고 있는 사람은 비산문주 왕찬이었다.

"이… 이놈!"

왕찬이 공륭의 목소리를 듣지 못한 듯 하늘을 보며 이를 갈았다. 그러자 그를 향해 독아 구가겸이 매섭게 날아들었다.

"죽음을 두려워 말라. 영원한 안식이 아닌가?"

구가겸의 입에서 조롱하는 듯한 목소리가 흘러나온다. 그러자 왕찬이 소리쳤다.

"간교한 술책이나 부리는 주제에 감히……!"

"후후후, 강호에서 암기를 쓰는 자가 어디 나 하나인가? 제대로 대응하지 못한 자신의 모자람을 탓할 일이다."

번쩍!

한순간 날카로운 검이 왕찬을 향해 날아들었다. 쇠꼬챙이처럼 가늘게 생긴 구가겸 특유의 검이다.

순간 왕찬이 커다란 사자후를 터뜨렸다.

"놈! 나 혼자 죽지는 않는다."

왕찬이 어디서 힘이 났는지 두 발로 땅을 차며 구가겸을 향해 솟구쳤다. 그의 검이 일직선으로 구가겸을 향해 뻗어나갔다.

파르릉!

왕찬의 검이 그의 공력을 견디지 못하고 몸을 떤다. 이 일초에 자신의 모든 것을 건 왕찬임을 알 수 있다.

구가겸의 표정이 변했다. 사실 그가 왕찬에게 쉽게 우위를 점할 수 있었던 것은 숨겨뒀던 암수를 썼기 때문이다. 무공으로만 겨루자면 이렇게 쉽게 승세를 잡을 수 없었다.

그런데 그런 상대가 양패구상을 각오하고 달려든다면 그건 아무리 구가겸이라고 해도 두려운 일이 아닐 수 없었다.

"아직 힘이 남아 있다니, 역시 늙은 생강이 맵군."

구가겸이 한 발 뒤로 물러났다. 날카롭던 그의 검이 거둬지고, 그의 신형이 십여 장 이동했다. 그러자 미처 구가겸에게 검이 닿지 못한 왕찬이 무겁게 땅에 내려섰다.

쿵!

"음!"

왕찬의 입에서 자신도 모르게 신음성이 흐른다. 그가 검을 내려 땅을 짚었다. 지쳐 있음을 고스란히 드러내는 모습이다.

그러나 그런 그를 상대로 구가겸도 더 이상 공격을 하지는 않았다. 죽음을 각오한 자는 언제나 위험한 법이다. 그것도 상대가 비산문주 왕찬이라면 더욱 그러했다.

"지쳤군. 그럼 쉬든가. 난 달리 재미를 구해보겠다."

갑자기 구가겸이 왕찬에게 말하고는 바람처럼 두 사람의 싸움을 지켜보고 있던 구천맹도들 속으로 닥쳐들었다.

"악!"

"욱!"

한순간에 다시 비명이 터져 나오며 구천맹도들이 쓰러졌다.

구가겸의 살검이 춤추기 시작했다. 구천맹도들이 가랑잎처럼 구가겸의 검에 쓸려 다녔다.

"놈을… 놈을 죽엿!"

왕찬이 온 힘을 다해 명을 내렸다. 그러자 구천맹의 맹도 중 그나마 노련한 자들이 구가겸을 향해 날아들었다. 그리고 그제야 구가겸의 살인 행각에 제동이 걸렸다.

"이것 참, 한창 재미를 보고 있었는데… 다시 흥을 내자니 영 기분이 살지 않는군."

마불 구르간이 혀를 차며 말했다.

"마천은 결국 멸망하고 말 것이오."

공륭이 마불을 구르간을 보며 차갑게 말했다.

"왜 그렇게 생각하시오?"

"손속이 저토록 악독하니 어찌 천벌이 내리지 않겠소?"

"후후후, 손속이야 월곡에서 구천맹도 만만치 않았지. 또 천변 이후 그대들이 보여준 악행들도 우리 못지않고."

구르간이 빈정거렸다.

"그것들은 모두 세상에 정의를 세우기 위함이었소."

"후후후, 그 말을 믿을 자가 누가 있겠는가? 아무튼 뒷일이야 어찌 되든 오늘 이곳이 그대들의 무덤이 될 것은 분명한 것 같군."

마불 구르간의 말에 공륭의 얼굴이 어두워졌다.

확실히 전세는 완벽하게 기울어져 있었다. 구르간과 자신의 싸움은 중도에 끊겼지만 왕찬을 위기에 몰아넣고, 구천맹도들을 도살한 구가겸으로 인해 구천맹도들의 사기는 완전히 상실

된 상태였다.

"아무래도 이 싸움은 여기서 끝내야겠어. 항복을 할 것 같지도 않으니……."

마불이 손을 들었다. 그러자 멀리서 싸움을 지켜보고 있던 다른 육마들이 마천의 마인들을 이끌고 천천히 구천맹도들을 향해 다가오기 시작했다.

공륭이 한숨을 내쉬었다. 그의 눈이 주위를 돌아봤다. 지친 몸으로 두려움에 떨고 있는 맹도들이 보인다. 이대로는 도저히 이 싸움을 버텨낼 수 없다.

공륭이 동쪽 하늘을 봤다.

언제였을까. 이미 새벽별이 떠 있었다. 그리고 지금까지 제룡가의 구원대는 오지 않고 있었다. 이젠 결정을 해야 할 때다.

슥!

공륭이 한 걸음 옆으로 움직였다. 그러자 그의 몸이 순식간에 비산문주 왕찬의 곁에 이르렀다.

"아무래도… 가야겠소."

"그게 무슨……?"

"새벽별이 뜬 지 오래요."

"벌써 시간이 그렇게……?"

왕찬의 시선도 자연히 동쪽 하늘로 향했다.

외로운 별이 보인다. 계명성이다. 새벽별이 떴으니 약속한 시간이 온 것이다. 떠나야 할 때다.

"더 이상 지체할 수 없소."

"후우!"

공릉의 재촉에 왕찬이 길게 한숨을 내쉬었다. 그러고는 공릉을 보며 말했다.

"가시오."

"왕 문주?"

"이 몸으로 어딜 가겠소? 내가 뒤를 맡으리다."

"그럴 순 없소."

공릉이 단호하게 고개를 저었다. 그러자 왕찬이 희미하게 웃으며 말했다.

"사실 지금 서 있을 힘도 없소. 그나마 내가 이렇게 버티고 서 있으면 저들의 추격도 조금은 늦춰질 거요. 대신… 한 가지 부탁을 하겠소."

"……."

공릉이 할 말을 잃고 그저 왕찬을 바라본다.

"홀을 부탁하오."

"왕 문주……."

"비정한 강호요. 오늘 우리 두 문파가 대혈곡의 화마 속에서 죽어가고 있어도 다른 문파는 오지 않았소. 그렇다고 그들을 원망치는 않소. 이것이 우리가 사는 무림 아니겠소? 우리도 같은 결정을 했을 것이고 말이오."

공릉이 왕찬의 말에 묵묵히 고개를 끄떡였다.

"오늘이 지나면 우리 두 문파는 지금의 지위를 유지하지 못할 것이오. 절반의 힘이 꺾였고, 패배의 굴레를 썼소. 어쩌면 멸문의 위기에 처할지도 모르오."

"문주……."

"물론 자부문이야 공 문주께서 살아 나가시면 멸문이야 걱정할 필요가 없을 거요. 그러나 우리 비산문은… 홀은 아직 어리고 문파 내 노련한 자들은 오늘 이 대협곡에서 대부분 죽을 거요. 그러니… 후사를 부탁할 사람이라곤 오직 공 문주밖에 없구려."

"대공자와 비산문의 안위는 걱정하지 마시오. 만약의 경우 비산문이 멸문한다면 우리 자부문도 멸문할 거라 약속하오."

"그 약속… 공 문주이기에 믿겠소. 내 구파의 수장 중 믿은 사람은 오직 공 문주뿐이었소."

"아… 어쩌다 일이……."

"이젠 정말 가시오. 아니, 가주시오. 나와 비산문을 위해서라도 말이오."

왕찬이 힘겹게 손을 들어 공륭의 등을 떠밀었다.

그러자 공륭이 입술을 질끈 깨물더니 그대로 신형을 날려 절벽을 날아오르기 시작했다.

"이 싸움은 끝났다. 모두 살길을 찾아라. 부디… 살아서 만나기를 바란다!"

절벽을 타고 오르는 공륭의 목소리가 대협곡을 가로질러 사방으로 퍼져 나갔다.

궁비영과 귀보전이 날짐승처럼 절벽을 타고 올라 대혈곡의 절벽 위에 올라섰다. 불타는 거대한 협곡이 눈 아래 들어왔다.

"이것으로 오죽노는 구천맹에서 다신 재기하기 어렵겠군요."

귀보전이 말했다.

"또 모르는 일이지요. 그는 항상 위기를 기회로 만들었지요."

"그렇다고 해도 이번 패배에 대해선 변명의 여지가 없을 겁니다."

"구원을 나오지 않은 자들의 잘못도 있지요."

"그에 대한 논쟁이 시작되면 외려 서로의 원망이 깊어지겠지요."

"하긴 그렇군요. 그런데 유령사들은 모두 안전하게 피했겠지요?"

"물론입니다. 오죽노의 병세에 대한 소문을 낸 이후 즉시 대혈곡을 벗어나라 명했습니다."

"그럼 되었군요."

궁비영이 고개를 끄떡였다.

"그가 살아 나갈 수 있을까요?"

"오죽노 말입니까? 그라면 죽지는 않을 겁니다. 항상 퇴로를 마련하는 자이니까요."

"음… 그렇겠지요?"

귀보전이 궁비영의 말에 수긍했다. 그런데 그때였다. 문득 검은 그림자 하나가 두 사람 곁으로 다가왔다.

"두 분 무사하셨군요."

두 사람에게 다가온 중년인이 가볍게 고개를 숙여 보인다.

궁비영도 아는 얼굴이다. 과거 사천 성도 구화방에서 마방주를 하던 전남산이다.

"어서 오시게. 그런데 자네가 올 줄은 몰랐군."

"급한 일이 있어서 제가 왔습니다."

"급한 일이라니?"

귀보전이 되물었다.

"그를 찾았다고 합니다."

"그?"

"토귀 녹명 말입니다."

"아! 그를요?"

궁비영이 놀란 표정으로 되물었다.

"그렇습니다."

"지금 어디 있답니까?"

"아마도 지금까지 대혈곡에 머물렀던 모양입니다. 그런데 대혈곡에서 싸움이 시작되기 전에 이곳을 벗어나 구룡대산 쪽으로 가고 있었다고 하더군요."

"역시 이곳의 함정은 토귀에 의해 만들어진 것이군요."

궁비영이 고개를 끄떡였다.

구천맹에서 준비했던 대혈곡 안의 동굴은 오직 토귀 녹명만이 만들어낼 수 있는 것이었다.

"그런데… 그가 구원을 청했다고 합니다."

"구원? 자유롭지 못한 상태라는 겁니까?"

"그렇습니다. 그의 곁을 무원의 고수 셋이 항상 지키고 있다고 합니다. 모두 오죽노의 심복이지요. 그래도 천수가 어렵게나마 그에게 접근했는데 천수에게 자신을 탈출시켜 달라 말했답니다."

"역시 그렇군요."

짐작했던 일이다. 간계를 주로 쓰는 오죽노의 성정으로 보면 토귀 녹명 같은 사람을 쉽사리 놓아줄 리 없었다. 토귀는 함정을 만드는 데 무척 요긴한 실력을 가지고 있었다.

"거리는?"

귀보전이 물었다.

"하루면 따라잡을 수 있습니다. 그들도 대혈곡의 소식이 궁금한지 움직이는 속도가 빠르지 않다고 합니다."

"어쩌시겠습니까?"

귀보전이 궁비영에게 물었다.

"만나볼 가치가 있는 사람이지요."

궁비영이 대답했다.

"그럼 가시지요. 앞서게."

귀보전의 말에 전남산이 고개를 숙여 보이고는 위태로운 절벽 위, 칼날 같은 능선을 달리기 시작했다.

* * *

대혈곡에서 구천맹이 참패를 당했다는 소식은 얼마 지나지 않아 강호 전역으로 퍼져 나갔다.

참패의 정도 역시 강호인들을 놀라게 했다.

오죽노가 큰 부상을 당했고, 비산문주 왕찬이 독아 구가겸의 손에 목숨이 끊겼다고 전해졌다.

그뿐이 아니었다. 대혈곡에서 대승을 거둔 마천의 마인들이 두 패로 나뉘어 호남과 호북에 위치한 자부문과 비산문을 향해 움직이고 있다는 소식 역시 강호인들을 근심에 들게 했다.

드디어 마천의 발호가 본격적으로 시작된 것이다. 과거 마천의 시대가 다시 재림할 것이라는 우울한 예상이 강호를 지배하기 시작했다.

그 와중에 궁비영은 귀보전과 함께 토귀 녹명을 찾아 움직이고 있었다.

후우웅!

차가운 바람이 불어왔다.

이제 천하는 어디 할 곳 없이 겨울이다. 목양처럼 폭설이 내린 것은 아니지만 칼바람은 천하 어느 곳에나 있었다.

궁비영은 찬바람을 맞으며 얼어가는 황하를 바라보고 있었다.

곧, 이 황하가 모두 얼어버리면 혹한의 추위가 준 강 길이 열릴 것이다. 예전 북방의 기병들은 그때를 노려 황하를 넘곤 했는데 혹한의 기후가 누군가에겐 큰 기회를 주기도 하는 것이 세상사였다.

그리고 지금의 강호에서 그 겨울의 바람을 타고 있는 자들은 마천이었다.

"천산에서 움직임이 있답니다."

귀보전이 궁비영의 등 뒤로 다가들며 말했다.

"마천이 본격적으로 움직이는군요."

"아마… 전력을 쏟아부을 겁니다. 천산에 남아 있는 사람은 아이와 여자들뿐이라고 하더군요."

"정말 무모하군요. 무모해서 무섭기도 하지만……."

"마천은 그런 곳이지요. 한번 타오르면 자신이 타든 상대가 타버리든 끝을 보는 집요함이 있습니다."

"구천맹의 대응이 궁금해지는군요."

"지금 구파의 수장들이 모두 구룡대산으로 모이고 있답니다. 아마 구파도 이젠 여유를 갖고 마천을 상대하지는 못할 겁니다."

"그전에 그를 구해야겠군요."

궁비영이 시선을 돌려 작은 강변 마을을 바라봤다. 사방으로 야트막한 산이 둘러서 있어 한겨울 칼바람에도 온화한 기운이 묻어나는 마을이다.

저 마을에 토귀 녹명이 머물고 있었다.

"그를 구룡대산으로 데려가지 않은 것은 역시 오죽노의 결정일 겁니다."

"그가 부상을 털고 일어났을까요?"

궁비영이 물었다. 그러자 귀보전이 고개를 흔들며 대답했다.

"머리는 몸이 말을 듣지 않아도 쓸 수 있지요."

"그렇긴 하지요. 어쨌든 그가 토귀를 숨긴다는 것은 구천맹과의 결별을 생각하고 있다는 뜻이겠지요?"

"아마도 그럴 겁니다. 그 역시 이번 패배로 구천맹에서 자신의 입지가 극히 좁아졌다는 것을 알고 있을 테니까요. 아무튼… 그를 구하시려면 지금이 적기입니다. 그를 지키는 자가 열을 넘지 않습니다."

"오늘 밤에 데리고 나오지요."

"유령사를 동원하는 것이 어떨지……?"

"소란을 피우고 싶지는 않군요."

궁비영이 고개를 저었다.

"하지만 그를 지키는 자 중 셋은 무원의 고수입니다. 그들의 눈을 피하는 것은 쉬운 일이 아니지요."

"이번에 계명혹성의 무공을 확인할 수 있을 겁니다."

"그런 뜻으로 드린 말은 아닙니다."

귀보전이 얼른 고개를 저었다.

"아, 나 역시 동왕께 무공을 확인받겠다는 것은 아닙니다. 제 자신에게 확인받으려는 거지요."

"그런 것이라면……."

"아무튼 배를 준비해 주십시오."

"그야 이미 준비되어 있습니다."

"역시 빠르시군요."

궁비영이 빙그레 미소를 지었다.

철렁!

신경에 거슬리는 쇠사슬 소리가 일어났다.

"에잇!"

토귀 녹명이 거추장스러운지 침상에 누운 채로 두 손을 이어놓은 쇠줄을 옆으로 치우며 투덜거렸다.

그러고는 슬쩍 문 쪽을 바라본다. 두 사람의 그림자가 달빛에 어른거렸다.

"망할 놈들!"

토귀가 욕설을 내뱉으며 침상에서 일어나 탁자 위에 놓인 술병을 집어 들었다. 그의 손이 움직일 때마다 쇠줄이 철렁거려 방 안을 소란스럽게 만들었다.

토귀가 술병을 입으로 가져가 꿀꺽꿀꺽 술을 들이켰다. 술병의 술이 금세 동났다.

"이보시오, 술 좀 더 주시오."

"오늘은 그만 자시오. 술은 더 이상 없소."

문밖에서 차가운 목소리가 들린다.

"흥, 오죽노가 내가 원하는 것은 무엇이든 들어주라고 했을 텐데?"

"물론 그렇기는 하지만 새벽에 술시중까지 들라는 말은 아니셨소."

문밖에서 들려오는 소리가 냉랭하다.

"어디 두고 봅시다. 나중에 오죽노에게 이 문제를 따지고 들 테니. 그때 날 원망하지 마시오."

토귀가 협박을 해댔다. 그러자 문밖에서 한숨 소리가 들리더니 다시 사내의 목소리가 들렸다.

"후… 잠시 기다리시오."

문에 비친 사람 그림자 중 하나가 사라졌다.

"흐흐, 진즉에 그럴 일이지."

토귀 녹명이 능글맞은 웃음을 흘리며 중얼거렸다.

그런데 그때였다.

금세 문가에 다시 한 명의 그림자가 나타났다. 그러고는 미세한 소음과 함께 본래부터 있던 그림자가 쓰러졌다.

토귀 녹명의 표정이 변했다. 무슨 일이 벌어진 것이 분명했다.

꿀꺽!

녹명이 마른침을 삼켰다. 문밖의 사단이 자신에게 유리한 일인지 혹은 불리한 일인지 가늠할 수 없었다.

물론 그 역시 기다리는 사람이 있기는 했다. 어렵게 선이 닿은 천수에게 자신을 구명해 줄 것을 부탁했으니 일이 잘되었다면 그를 구하러 온 자일 수도 있었다.

그 모든 생각이 찰나의 순간에 녹명의 머릿속을 휘젓고 지나가는 사이 문이 열렸다.

토귀 녹명이 방으로 들어오는 사내를 바라봤다. 어디서 본 듯한 얼굴인데 금세 기억이 떠오르지 않는다.

"갑시다."

사내가 말했다.

"뉘시오?"

"천수의 부탁을 받고 왔소."

"그렇다면야!"

토귀 녹명이 벌떡 자리에서 일어났다.

천수의 부탁이란 말이 상대의 신분을 보장하고 있었다. 천수와 그와의 접촉을 아는 사람은 오직 그들 둘뿐이기 때문이었다.

철렁!

토귀가 일어나자 그의 손에 매달려 있던 쇠줄이 요란한 소리를 냈다. 그러자 사내가 검을 빼 들었다.

"이리 와보시오."

"설마 그 검으로 이 쇠줄을 끊겠다는 거요?"

"그걸 달고 갈 수는 없소. 사람들을 모두 깨울 생각이오?"

사내가 말했다. 그러자 토귀가 고개를 저었다.

"물론 끊을 수야 있다면 좋겠지. 그러나 이 쇠줄은 만년한철로 만든 거요. 도검을 끊을 수는 없소."

"되고 안 되고는 두고 보면 알 일이오."

사내가 왼손으로 쇠줄을 잡아당겼다. 그러자 토귀가 자연스레 사내 쪽으로 끌려갔다.

사내의 눈에게 기이한 빛이 일어났다. 공력을 끌어 올리고 있는 것이 분명했다.

토귀의 얼굴에 문득 두려움이 생겼다. 사내의 안광이 예사롭지 않기 때문이었다.

그리고 토귀를 더욱 놀라게 하는 일이 벌어졌다. 사내가 잡고 있던 쇠줄 부근에서 미세한 열기가 느껴지는가 싶더니 사내의 검이 눈에 보이지 않는 속도로 움직였다.

서걱!

날카로운 절단음이 뒤를 이었다. 그리고 그 순간 토귀의 양손을 잇고 있던 쇠줄이 끊어졌다.

"푸는 것은 나중에 합시다."

사내가 놀란 입을 다물지 못하고 있는 토귀를 보며 말했다. 그러자 토귀가 얼른 정신을 차리고 대답했다.

"뭐… 이대로라면 무기로 써도 되고."

웅웅!

토귀가 양손을 휘두르자 잘린 쇠사슬이 파공음을 만들어내며 바람을 일으켰다.

"갑시다."

사내가 앞장서서 방을 벗어났다. 그러자 토귀가 얼른 그의 뒤를 따르기 시작했다.

쨍그랑!

사내가 놓친 술병이 바닥에 떨어졌다.

"웬… 흡!"

사내가 미처 소리를 지르기도 전에 그를 놀라게 한 자가 믿을 수 없는 속도로 다가들어 사내의 아혈을 제압했다.

토귀의 고집에 술을 가지러 갔던 구천맹 무원의 고수가 그렇게 정신을 잃고 허물어졌다.

"이쪽이오."

구천맹의 고수를 단번에 제압한 사내가 토귀를 보며 말하고는 훌쩍 신형을 날렸다. 그의 몸이 단번에 지붕 위로 올라갔다.

토귀가 급히 몸을 날려 사내의 뒤를 따랐다.

그런데 그 순간 쓰러진 자의 짧은 외침에 잠을 깬 구천맹 고수들이 사방에서 뛰쳐나왔다.

구천맹의 고수들이 일제히 토귀가 갇혀 있던 방으로 달려갔다. 그리고 금세 사단이 난 것을 알아챘다.

"방금 전이다. 사방으로 흩어져서 찾아!"

누군가의 명이 어둠을 뚫고 들려왔다.

사내의 보법은 놀라웠다. 지붕을 마치 평지처럼 달리던 사내가 한순간 허공으로 떠올랐다.

그의 몸이 새처럼 하늘을 날더니 담장 너머 아름드리나무 사이로 들어갔다.

"제길!"

토귀가 욕설을 흘리며 신형을 날렸다.

그러나 그는 사내처럼 단번에 건너편 나무에 이를 수 없었다. 토귀의 몸이 허공에서 급격하게 아래로 떨어지다가 담장을 한 번 차고는 다시 도약했다.

그러고 난 후에는 그 역시 사내가 들어간 나무 속으로 들어갔다.

"괜찮소?"

사내가 토귀에게 물었다.

"어서 갑시다."

토귀가 대답 대신 길을 재촉했다. 멀리서 지붕을 따라 달려오는 구천맹 고수들이 보였다.

사내가 토귀의 말에 다시 신형을 날렸다. 이후부터 두 사람은 쉬지 않고 달렸다.

헉헉!

토귀의 입에서 거친 숨소리가 나기 시작했다.

토귀가 힘겨운 눈으로 앞서 달리는 사내를 바라봤다.

괴물 같은 자다. 한 시진을 달리고도 지친 기색이 보이지 않는다. 아니, 오히려 토귀를 위해 조금 속도를 늦추는 듯도 보였다.

한순간 숲이 끝나고 다시 황하가 눈에 들어온다. 강변 쪽으로는 이미 얼음이 두껍게 얼어 있었다.

그리고 그 즈음에서 사내가 신형을 멈췄다.

"후욱!"

토귀가 급히 긴 숨을 들이쉬었다. 신선한 공기가 몸에 들어가자 그나마 호흡이 가라앉았다.

"괜찮소?"

벌써 여러 번 물은 질문이다.

"괜찮소. 그런데 이제 벗어난 거요?"

"더 이상 추격은 없는 것 같소."

사내가 대답했다.

"고맙소."

토귀가 정중하게 사내에게 포권을 해 보였다. 그러자 사내가 대답했다.

"나도 필요해서 한 일이오."

"물론 그렇겠지. 그런데… 유령문에서 나왔소?"

토귀의 질문에 사내가 고개를 끄떡였다.

그러자 토귀가 탄식을 흘렸다.

"과연 유령문! 오죽노가 두려워할 만한 곳이지. 그런데… 우리 어디서 본 적이 있지 않소?"

토귀가 물었다.

"생각보다 눈썰미가 좋지 않구려. 그대를 오죽노에게 데려간 사람이 바로 나요."

순간 토귀의 눈이 커졌다. 그러고는 잠시 후 놀라서 입을 다물지 못했다.

"맞아, 바로 당신이었어. 그런데 당신이 어떻게 유령문에……?"

애초에 토귀가 궁비영을 알아보지 못한 것은 어두운 밤이어서 궁비영의 얼굴을 제대로 보지 못했기 때문이기도 했지만,

그보다는 그를 구하러 올 사람이 유령문의 인물임을 알고 있었기 때문이었다.

과거 오죽노의 명으로 그를 데리러 왔던 궁비영은 당시 구천맹의 흑성이었다. 그런 그가 유령문의 사람이 되어 자신을 구하러 올 것이라고는 상상하지 못한 토귀였다.

"어쩌다 보니 그렇게 인연이 되었소. 갑시다!"

"어디로 말이오?"

토귀가 급히 물었다.

"천수가 기다리고 있소."

궁비영이 짧게 대답을 하고는 다시 걸음을 옮기기 시작했다.

제5장

마천재림(魔天再臨)

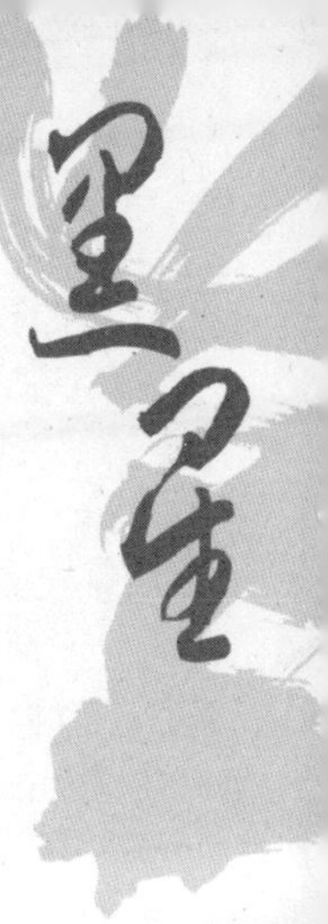

두두두!

겨울 길을 두 필의 말이 거칠게 질주했다.

얼마 전 내린 눈으로 길이 미끄러웠지만 말과 사람은 속도를 늦추지 않았다.

두 필의 말이 향한 곳은 한 채의 작은 장원이었다. 크지도 작지도 않은 산이 고즈넉하게 품은 장원. 그러나 그 소담한 모습과 달리 안으로 들어서면 거대한 규모를 자랑한다.

정문을 지키는 무사들이 정체를 묻지도 않고 문을 열어 말이 멈추지 않고 안으로 들어갈 수 있도록 했다.

히힝!

장원에 들어선 말들이 과격한 고삐질에 울음을 터뜨린다.

그러나 말에 타고 있던 사내들은 말의 울음에 아랑곳하지 않고 나는 듯이 날아내려 장원의 대전 앞으로 달려갔다.

그르릉!

두 사람이 다가오자 대전의 문 역시 정문과 마찬가지로 두 사람을 위해 활짝 열렸다. 두 사람이 급히 대전으로 뛰어들었다.

"어찌 되었느냐?"

대전의 중앙에 모여 있던 십여 명의 사람 중 가운데 서 있던 중년의 사내가 급히 물었다.

"십 리 안쪽입니다."

대전으로 달려 들어온 두 명 중 한 명이 대답했다.

"벌써……! 몇이나 되더냐?"

"어림잡아 이백은 족히 되어 보였습니다."

"음… 이백이라."

"소주, 버텨볼 만합니다."

대전에 서 있던 자 중 초로의 노인이 말했다. 그러자 그 옆에 있던 자가 고개를 젓는다.

"불가한 일이오. 저들은 아마도 마천의 정예 중 정예일 것이오. 반면 본 문에 남아 있는 식솔은 몇몇을 빼고는 모두 나약한 문도들이 아니오? 더군다나 아녀자와 아이들을 보호해야 하오."

"하면 어쩌자는 것이오?"

초로의 노인이 눈을 부라리며 물었다.

"물러나야 하오."

"장원을 버리잔 말이오?"

"지금으로썬 그 방법밖에 없소."

"장원을 버리고 어디로 가자는 것이오?"

소주라 불렸던 중년의 사내가 물었다.

"일단 자부문으로 가시지요."

"자부문?"

"그렇습니다. 자부문주께서 서신을 보내지 않았습니까?"

"그러나……."

중년의 사내가 말꼬리를 흐린다.

"지금 체면을 생각할 때가 아닙니다. 더군다나 서신에 의하면 자부문주께서 이제 본 문을 한 형제로 생각한다 하셨으니……."

"이 많은 가솔을 데리고 과연 자부문까지 갈 수나 있겠소?"

중년의 사내가 어두운 표정으로 물었다.

"그래도 가야지요. 가면서 맹과 자부문에 구원을 청하십시오. 어느 쪽이든 호응을 해준다면 자부문까지는 갈 수 있을 겁니다. 그리 멀지 않으니……."

"알겠소. 그리합시다. 아!… 어쩌다 우리 비산문이 터전을 버리는 지경에 이르렀단 말인가!"

중년의 사내가 길게 탄식을 했다. 사내는 대혈곡에서 죽은 비산문주 왕찬의 아들이자, 후계자인 왕홀이었다.

"비산문이 장원을 비웠답니다."

검은 무복을 입은 사내의 보고에 검마 황조가 고개를 끄떡였다. 그러자 그 옆에서 혼마 상묘운이 미소를 지으며 말했다.

"일이 계획대로 되는 것 같소이다. 힘을 보이면 비산문은 싸우지 않고 물러날 것이라 생각한 대로요."

"그러게 말이오. 역시 혼마께서는 계책이 비상하시오."

마불 구르간이 혼마 상묘운을 칭찬한다. 그러자 상묘운이 고개를 저으며 말했다.

"그들의 행보는 누구나 생각할 수 있는 일이오. 주인을 잃은 가문이 감히 마천에 맞설 용기가 있겠소? 어쨌거나 이렇게 해서 중원에 제대로 된 터전을 마련한 것 같구려. 목양과 비산문이라면 뱀의 머리와 꼬리처럼 한쪽이 위험해져도 다른 쪽이 호응을 할 수 있으니 구천맹에서도 함부로 도발하지는 못할 것이오."

"이젠 천산의 형제들이 오기만을 기다리면 되는구려."

검마 황조가 말했다.

"오죽노가 실족한 것이 천운이라고 할 수 있소. 그가 건재했다면 대혈곡에서 패했다고 해도 구천맹의 정예를 모아 즉시 역습을 했을 거요. 대혈곡에서 우리 쪽 피해도 만만치 않아 그렇게 되면 우린 크게 곤란했을 것이오."

상묘운이 신중한 표정으로 말했다.

"하긴 우리에게 무서운 것은 구천맹의 수천 고수가 아니라 오죽노 한 사람의 머리 아니겠소? 대혈곡에서 그를 낙마시킨 것은 정말 천운이었소."

검마 황조도 상묘운의 말에 동의했다. 그러자 마불 구르간이 물었다.

"그가 회복할 것 같소?"

구르간의 물음에 상묘운이 잠시 생각에 잠겼다가 입을 열었다.

"솔직히 나도 잘 모르겠소. 사실 난 아직도 믿어지지 않소. 오죽노에게 그런 무공이 있었다는 것이……. 솔직히 말해 물러날 때 오죽노가 그렇게 심각한 부상을 입었는지 난 눈치채지도 못했었소."

"그 정도였단 말이오?"

검마 황조가 믿을 수 없다는 표정으로 물었다.

"믿기 힘들 거요. 그러나 분명한 사실이오. 그런데 문제는 그뿐이 아니오."

"또 무슨 문제가 있다는 거요?"

마불 구르간이 걱정스런 표정으로 물었다.

"그의 곁에 있던 그 젊은 고수의 무공이 아직도 마음에 남소."

"음… 그대의 오랜 심복 오환을 벤 자 말이오?"

"그렇소. 오환은… 내 수하 중 세 손가락 안에 드는 친구였소. 그런데 그 젊은 고수에게 속절없이 당하더이다."

"그것참, 이기고도 개운치가 않은 싸움이군."

구르간이 혀를 찼다. 그러자 상묘운이 고개를 저으며 말했다.

"너무 걱정할 필요는 없을 거요. 아무튼 분명한 건 오죽노가 낙마했다는 거니까."

"하지만 조만간 몸을 회복할 것 아니오?"

구르간이 물었다.

"그렇기는 하지만 그때는 이미 너무 늦을 거요. 구천맹의 늙은 여우들은 결코 다시 그를 받아들이지 않을 거요. 알아보니 대혈곡의 싸움은 오로지 오죽노의 뜻에 의해 일어난 것이었소. 구파의 늙은이들은 비산문과 자부문을 제외하고는 모두 반대했다고 하더이다. 물론 제룡가의 가주는 예외지만……."

"맞는 말이오. 그런 큰 싸움을 단독으로 벌였다는 것은 구파의 늙은이들에겐 용납할 수 없는 일일 거요."

"그가 순순히 강호를 떠나겠소?"

검마 황조가 물었다.

"물론 그러지는 않을 거요. 그는 아마도 자신만의 세력을 구축할 거요. 결국… 아마도 구천맹은 반으로 갈리게 될 것이오. 우리에겐 아주 유리한 형국인 것이오."

"음, 그렇게만 된다면야……."

황조가 입맛을 다신다.

"자부문과 비산문, 그리고 제룡가는 오죽노를 따를 테니 남은 자들이야 뭐 본 천의 힘으로 충분히 제압할 수 있을 것이오."

"하하하! 이제 다시 마천의 세상인가?"

마불 구르간이 호탕한 웃음을 터뜨렸다. 그러자 상묘운이 정색을 한 표정으로 말했다.

"방심할 때는 아니오. 아직 한 가지 변수가 남아 있소."

"변수? 오죽노와 구천맹이 아니라면 어떤 변수가 우릴 방해한단 말이오?"

구르간이 의아한 표정으로 물었다.

그러자 상묘운이 굳은 표정으로 말했다.

"유령문!"

"아!"

"음……."

마불 구르간과 검마 황조가 동시에 나직한 신음성을 흘린다. 잊고 있었던 존재들, 그러나 언제든 송곳처럼 삐져나와 치명적인 상처를 입힐 수 있는 존재들이 바로 유령문이다.

천변을 일으켜 마천의 시대를 종결시킨 자들 역시 사실 그들이 아니었던가. 구천맹 흑성의 뿌리가 유령문임을 모르지 않는 육마다.

"그들이 너무 조용하긴 하지."

구르간이 중얼거렸다. 그러자 상묘운이 말했다.

"이번 일에 그들이 관여하지 않았을 거라 생각하시오?"

"그럼 그들이 관여했단 말이오?"

"난 제룡가의 발목을 잡은 자들이 누군인지 아직도 확인하지 못했소."

"설마 유령문을 생각하고 있는 거요?"

검마 황조도 놀란 표정으로 상묘운을 바라봤다.

"행보로 보면 그들일 가능성이 있소. 제룡가의 정예들을 막아내고도 흔적을 남기지 않았소."

"하지만 그들이 우릴 도울 리 없지 않소?"

"유령문은 마천이나 구천맹 양쪽 모두에게 버림받은 사람들이오. 그들이 원하는 것이 뭐겠소? 양패구상! 그런데 대혈곡에서 우리가 오죽노에게 패했다면 천하는 금세 구천맹의 손에 들어갔을 거요. 아니, 정확히는 오죽노의 손에 들어갔겠지. 하면 유령문인들 무사하겠소?"

상묘운의 말에 황조와 구르간이 잠시 생각에 잠겼다가 나직하게 탄식을 흘리며 말했다.

"아무래도 혼마께서 짐작하신 바가 맞는 것 같소. 유령문이야말로 이 싸움에서 외로운 줄타기를 해야 하는 곳이오. 어느 곳이라도 강호의 패권을 잡으면 곤란해질 테니까."

"그래서 이젠 우리가 조심해야 하오."

상묘운이 말했다.

"그들이 우릴 공격할 것 같소?"

황조가 물었다.

"그들은 이 싸움에서 어느 쪽이든 유리한 곳을 공격할 거요. 서서히 모든 세력의 힘이 약해졌을 때… 다시 거래를 하겠지."

"거래라. 역시 자신들의 안위에 대한 문제를 들고 나오겠구려."

"그럴 것이오."

"음… 그럼 지금이라도 그들과 거래를 하는 것은 어떻소?"

황조가 물었다. 그러자 상묘운이 고개를 저었다.

"그건 그들이 원하지 않을 거요. 지금 본 천의 손을 들어주면 결국 예전의 일이 반복될 거라 생각할 테니 말이오."

상묘운이 고개를 저으며 말했다. 그러자 마불 구르간이 무거운 얼굴로 중얼거렸다.

"애초에 과거 그들을 그런 식으로 떠나보낸 것이 잘못이오. 그들과의 약속을 깨지 않았다면 여전히 천하는 우리의 손에 있었을 것이오."

그러자 황조가 가벼운 웃음을 흘린다.

"지금 와서 후회한들 무슨 소용이오. 그리고… 후후, 사실 그 일은 우리 모두가 찬성한 것 아니오? 아, 아니군. 혼마께선 당시에 유령문과의 약속을 깨는 것을 반대하셨구려."

"그들의 무서움을 알고 있었기 때문이오."

상묘운이 대답했다.

"음… 난 지나고 나서야 그들의 무서움을 알게 되었소. 역시 혼마께선 우리 마천의 지낭이시오."

황조의 말에 상묘운이 가볍게 미소를 짓는다. 기분이 나쁘지는 않은 표정이다.

"아무튼 이제부터는 유령문이라는 변수를 항상 염두에 둬야 하겠구려."

구르간이 말했다.

"맞소이다. 정말 중요한 변수가 될 거요."

"그나저나 천산의 형제들은 황하를 넘었을까?"

황조가 북쪽 설원을 보며 중얼거렸다.

그런데 그때 기다렸다는 듯이 한 마리 전서구가 날아와 혼마 상묘운의 팔 위에 앉았다.

"오늘 아침에 건넜다고 하는구려."

전서구를 살핀 상묘운이 말했다.

"아, 그럼 이제 며칠 안에 만나겠구려. 그리되면 일단 안심이오."

황조가 반가운 얼굴로 말했다.

육마가 시선을 돌렸다. 그들의 눈에 멀리 비산문의 장원이 들어온다. 이미 비산문의 문도들이 모두 빠져나간 텅 빈 장원의 모습이 을씨년스럽기까지 하다.

"새로 집이 생겼으니 며칠은 쉬어야겠구려."

마불 구르간이 장원을 보며 말했다.

"그럽시다. 대혈곡 이후 쉬지 않고 움직였으니."

검마 황조가 고개를 끄덕였다. 그렇게 그날 구천맹의 일문이던 호북 비산문의 장원이 마천의 손에 떨어졌다.

* * *

구룡대산에 한동안 먹구름이 머물고 있었다. 그렇다고 눈이 오는 것도 아니다. 그저 어두운 하늘일 뿐이었다.

수시로 사방에서 전서구가 날아들고, 강호에 나가 있던 세

작들이 시간을 다퉈 구룡대산으로 달려왔다.

그런데 그런 분주함에 예전과 다른 점이 있었다.

예전이라면 날아드는 전서구의 대부분은 구천맹의 거대한 장원이 아닌 그로부터 조금 떨어진 곳에 위치한 청빈각으로 향했을 것이다.

청빈각은 구천맹의 총군사 오죽노 혜간의 거처다. 그곳에서 오죽노는 구천맹과 천하를 움직였었다.

그런데 대혈곡의 싸움에서 패퇴한 이후 청빈각으로 날아드는 전서구의 수는 크게 줄어 있었다.

구천맹을 방문한 강호의 기인협사들 역시 청빈각에 들르는 일이 거의 없었다.

어지러운 천하의 정세로 인해 분주해진 구룡대산에서 오직 청빈각만이 긴 침묵에 빠져 있었다.

"쿨룩쿨룩!"

문득 청빈각의 중심지처에서 기침 소리가 흘러나왔다. 그러자 문밖에 있던 자들이 얼른 방문 앞으로 다가섰다.

"밖에 누구 있는가?"

기침에 이어 방 안에서 나직한 목소리가 들린다.

"백로, 대기하고 있습니다."

오죽노의 심복 백로가 대답했다.

"들어오게."

기침의 주인은 오죽노 혜간이었다.

백로가 얼른 문을 열고 방 안으로 들어간 후 문을 닫으려 하는데 오죽노가 손을 저으며 말했다.

"그냥 두게."

"날이 찹니다."

"괜찮아. 놓아두게."

오죽노의 고집에 백로가 슬며시 잡았던 문고리를 놓았다. 그러자 스르르 문이 열리며 눈 덮인 구룡대산의 모습이 눈에 들어왔다.

"좋군."

오죽노가 희미한 미소를 짓는다.

"괜찮으십니까?"

백로가 걱정스레 물었다.

"좋다니까?"

오죽노가 빙글거리며 말했다. 그러자 백로의 얼굴에 안도의 그림자가 드리운다.

사실 그동안은 과연 오죽노가 회복할 수 있을지 누구도 자신할 수 없었다. 그런데 오죽노가 농담을 할 정도면 이제 그의 회복은 걱정할 필요가 없었다.

"맹의 사정이 좋지 않습니다."

백로가 조심스레 말했다.

"그렇겠지."

"구파의 회합이 여러 날 열리고 있습니다."

"그래? 모두 왔나?"

"비산문과 자부문은 오지 않았습니다."

"그렇군. 지금은 마천의 공세를 버텨내는 것조차 힘들겠지. 그런데 원군을 파견하는 일에는 진척이 없는가?"

"누구도 나서지 않습니다."

"후후… 어리석은 자들. 순망치한의 이치를 어찌 모를까?"

오죽노 혜간이 혀를 찼다.

"아마도 총군사님에 대한 논의도 있는 모양입니다."

"후후, 당연한 일이겠지."

"어찌하시렵니까?"

백로가 물었다. 그러자 오죽노 혜간이 불쑥 자리에서 일어났다. 순간 병약한 그의 모습이 일순간 사라졌다.

"이미 회복하셨군요?"

백로가 놀란 표정을 물었다.

"혼마의 흑마공이 무섭기는 해도 육혈무성의 무공에 비할 바는 아니지."

"헌데 어째서……?"

"내가 건재하다면 구파의 수장들이 이 기회에 날 완전히 제거하려 할 수도 있을 걸세. 그러나 내가 허약하다면 멸시하고 구룡대산에서 쫓아내는 것으로 만족하겠지."

"설마 그들이……."

"그들이 목양으로 원군을 보내지 않았을 때부터 그들과 난 다른 길을 갈 수밖에 없었네. 목양의 싸움은 그래서 중요했어. 이 구룡대산의 주인을 결정하는 싸움이었거든. 아쉽지만 난 패했지."

"……."

백로가 대답을 하지 못하고 침묵을 지킨다. 그러자 오죽노가 아쉬움이 가득한 눈으로 구룡대산을 보며 말했다.

"이젠 이곳을 떠나야 할 때가 왔네."

"정말 구천맹을 떠나실 겁니까?"

"지금은 조용히 물러나야 할 때네. 반발하면… 파국이 올 걸세. 구천맹을 떠난다 해도 구천맹은 내게 중요해. 마천과 싸워줄 사냥개들이니까 말이야. 그러니 내 상태에 대해선 함구하게."

"알겠습니다."

"내일 맹에 들어간다고 알리게."

"직접 들어가신단 말입니까?"

"저들의 기분을 맞춰줘야지. 나약하고 늙은 오죽노의 모습에서 저들은 즐거움을 느낄 걸세. 그 즐거움이 내게 이 구룡대산에서 조용히 물러날 수 있는 기회를 주겠지."

"하면… 이제 적불산으로 가시겠습니까?"

"일단은 그래야겠지? 세상의 시선을 적불산에 두고 육혈봉으로 움직일 걸세."

"알겠습니다. 그런데……."

백로가 무슨 말인가를 입안에 두고 뱉지를 못한다.

"무슨 일인가? 말해보게."

"좋지 않은 소식입니다."

"후후. 지금 이 상황보다 더 나쁜 소식이 있겠는가?"

오죽노가 두 팔을 들어 올리며 말했다. 그러나 백로는 여전히 조심스럽다.

"고하게."

오죽노가 재촉했다. 그러자 백로가 마치 큰 죄를 지은 사람처럼 고개를 숙이며 말했다.

"토귀를 놓쳤습니다."

"뭣?"

오죽노가 노한 표정으로 되물었다.

"죄송합니다."

백로가 연신 고개를 조아린다. 그러자 오죽노가 어두워진 얼굴로 방 안을 서성이기 시작했다.

그러다가 문득 걸음을 멈추며 물었다.

"스스로 탈출하긴 어려웠을 텐데?"

"도운 자가 있었다고 합니다."

"물론 정체는 모를 테지?"

"그렇습니다."

백로가 다시 죄 지은 표정으로 머리를 숙인다. 그러자 오죽노가 나직하게 탄식을 흘리며 중얼거렸다.

"아… 일이 참 곤란하게 되었구나. 아직 준비가 끝나지 않았거늘……. 토귀를 데려갈 곳이라면 둘 중 하나다. 유령문 아니면 천수!"

"설마 유령문이……."

백로가 놀란 표정을 짓는다.

"그자들이 아니길 바라야지. 흔적을 쫓게. 다시 데려오지 못하면 적어도 입이라도 막아야 해."

"알겠습니다."

백로가 살기를 드러내며 대답했다.

태양이 한겨울 추위를 그나마 조금이라도 녹여주는 정오 무렵, 오죽노가 자신의 거처인 청빈각을 떠났다.

그를 수행하는 자는 십여 명, 그의 제자들과 백로와 황완, 두 오랜 심복이 다였다.

한때 청빈각에 구름처럼 몰려들었던 고수들은 이미 흩어진 지 오래였다. 참으로 비정한 인심이었다.

오죽노의 모습은 폐인이나 다름없었다. 말 위에 올라 있는 몸이 계속해서 앞뒤로 흔들렸다. 곁에서 제자들이 부축하지 않는다면 곧이라도 말에서 떨어질 것 같은 모습이다.

구룡대산, 구천맹 장원의 거대한 정문이 조용히 열렸다. 경비무사들이 누구는 멸시의 눈으로, 누구는 안타까운 시선으로 장원으로 들어가는 오죽노를 바라봤다.

오죽노는 조용히 눈을 감고 있었다. 말은 말고삐를 잡고 있는 백로가 끌고 있었다.

오죽노 일행은 잠시 후 구천맹의 심장인 구룡대전에 도착했다. 그러자 다시 대전 문이 조용히 열린다. 누구도 오죽노 일행에게 말을 걸지 않았다.

"다 왔나?"

말이 서자 오죽노가 눈을 떴다.

"그렇습니다, 총군사!"

백로가 대답했다.

"좋아. 그럼 가보자구."

오죽노가 손을 옆으로 내밀었다. 그러자 대제자 종목염이 그를 부축해 말에서 내리게 했다.

"다른 사람들은 이곳에서 기다리거라. 목염만 들어간다."

"알겠습니다."

나머지 제자들이 일제히 대답하자 오죽노가 대제자 종목염의 부축을 받으며 대전으로 들어갔다.

서릿발 같은 기운, 칼처럼 날카로운 시선들이 오죽노를 향한다. 종목염은 부축한 오죽노의 팔을 통해 이 노련한 스승도 긴장한다는 것을 깨달았다.

그러나 그 긴장은 오죽노를 부축하고 있는 종목염만이 알 수 있는 것이다.

대전에는 이십여 명의 노고수가 모여 있었다.

구파의 수장 중 비산문과 자부문의 문주를 제외한 일곱의 무원과 삼기의 우두머리들이다. 이들이야말로 현재 무림을 움직이고 있는 실질적인 주인이라 할 수 있었다.

오죽노가 가볍게 한숨을 내쉬었다. 얼마 전까지는 그도 저 무리에 있었다. 그런데 지금은 아주 이질적으로 느껴진다.

서로 마음이 떠난 무리는 이렇게 생경한 것이다.

"어서 오시오, 오죽노!"

입을 열어 오죽노를 맞이한 것은 소림의 정명이다.

그나마 개중에 오죽노에게 측은지심을 가지고 있는 듯 보이는 사람이다. 그러나 그런 그조차도 이제 오죽노를 총군사라 부르지 않고, 그의 별호를 불렀다.

이미 그들 사이에서 오죽노는 구천맹의 총군사가 아니란 의미일 것이다.

그런 정명을 향해 오죽노가 종목염의 팔을 거두고 가볍게 합장을 했다.

"선사, 오랜만이군요."

"그래, 몸은 괜찮소?"

"그저… 거동할 만합니다."

"몸도 성치 않으신 분이 무슨 일로 우리를 보자고 하셨소."

한쪽에서 싸늘한 표정의 인물이 물었다. 날카로운 눈을 가진 그는 당문의 문주 당황이다.

이번 목양의 싸움에서 서쪽 길을 지키던 사람이기도 한데 목양의 길을 뚫린 이후에는 대혈곡의 싸움에서 발을 뺀 그였다.

"아무래도 제 몸이 성치 않아 구파의 수장들께 제 거취에 대해 의논을 드려야 할 것 같아서 이렇게 보자 하였습니다."

"거취라… 좋소. 오죽노의 생각을 말해보시오."

당황이 적선하듯 말했다.

그러자 오죽노가 다시 한 번 장내에 모인 고수들을 향해 포권을 해 보인 후 입을 열었다.

"먼저, 이번 목양의 싸움에서 대패한 일에 대해 사죄드립니다. 늙으면 쓸모가 없어진다고 하더니 제가 바로 그 꼴인 모양입니다. 적의 기세는 매섭고, 제 계책은 쓸모가 없었습니다. 해서 맹에 큰 피해를 입혔으니 스스로 죄를 청하는 바입니다."

오죽노의 말에 사람들이 모두 싸늘한 표정을 짓는데, 오직 정명선사만이 고개를 저으며 말했다.

"어찌 대혈곡의 패전이 그대만의 잘못이라고 할 수 있겠소. 시기가 좋지 않았고, 적의 세력이 생각보다 강했으며… 또한 우리 구파도 제 때 움직이지 못한 잘못이 있소. 다만… 기련포에서 맹으로 후퇴하지 않고 대혈곡에서 승부를 보려 한 것은 아무래도 오죽노께서 욕심을 부린 것이라 생각되오."

"장문인께서 그리 말씀해 주시니 몸 둘 바를 모르겠습니다. 맞습니다. 제가 과욕을 부린 결과지요. 해서 이렇게 죄를 받으러 온 것입니다."

"흐음… 죄라. 당치 않은 말이오. 지금까지 오죽노께서 우리 구천맹을 위해 한 일을 생각하면 단 한 번의 패배를 가지고 죄를 물을 수는 없는 일이오. 다만… 몸이 많이 상하셨으니 당분간 맹의 일에서는 손을 떼시는 것이 좋을 것 같기는 하오."

그러자 오죽노가 고개를 숙여 보이며 말했다.

"죄를 받아 마땅한 사람에게 죄는 묻지 않고 쉴 시간을 주시겠다니 감읍할 따름입니다. 맹의 결정에 따르겠습니다."

"음… 그리해 주신다니 고맙소이다."

"다만… 한 가지 더 드릴 말씀이 있습니다."

"무엇이오. 말씀해 보시오."

정명선사가 너그러운 눈빛으로 물었다. 본래 구천맹의 수뇌들은 오죽노가 총군사의 직책을 쉽게 내놓지 않을 거라 생각했었다. 그들은 늘 오죽노의 야심을 경계하고 있었기 때문이었다.

그런데 오죽노가 순순히 맹의 일에서 물러나겠다고 하니 자연히 그에 대한 경계심이 누그러질 수밖에 없었다.

"저는 이 기회에 아예 그만 강호에서 물러날까 합니다."

"지금 강호 은퇴를 말씀하시는 것이오?"

정명선사가 놀란 눈으로 되물었다. 다른 사람들도 모두 놀란 표정이다.

"그렇습니다. 제가 그동안 어쭙잖은 머리로 천하를 안정시키려 했으나 결국 역부족, 이렇게 몸은 상하고 명예는 땅에 떨어졌습니다. 이런 몸으로 다시 강호에 나서는 것은 추잡한 노욕이지요. 그래서 고단한 강호의 삶을 정리하고 이젠 초야에 묻혀 여생을 보내고자 합니다."

"그럴 수는 없소. 오죽노께서 어찌 구천맹을 떠나신단 말이오?"

정명선사가 고개를 저으며 말했다. 사람들 사이에서도 나직한 웅성거림이 일어났다. 아마 오죽노의 은퇴는 누구도 예상치 못한 일인 듯싶었다.

몇 년 전, 사천에서 실패를 했을 때도 오죽노는 잠시 물러나 때를 기다렸었다. 그러고는 결국 다시 구천맹으로 돌아오지 않았던가.

그리고 막상 그렇게 오죽노가 구천맹을 떠나겠다고 하자 사람들 마음속에 문득 불안감이 깃들었다.

사람은 들 때는 몰라도 날 때는 그 빈자리를 안다고 했다. 일단 오죽노가 맹을 떠나겠다고 하자 그제서야 구파의 수뇌들은 오죽노가 구천맹에서 얼마나 큰 자리를 차지하고 있었는지 깨닫게 되었다.

과거 마천의 시대, 몰락해 가던 구천맹을 되살린 사람이 누구인가. 천변 이후 천하를 구천맹의 손에 들어오게 수습한 사람은 또 누구인가. 모두가 오죽노 혜간에 의해 이룩된 일들이었다.

그런 오죽노가 떠난다니 본능적인 공허감이 찾아드는 것은 당연한 일이었다.

그러나 그중 감정에 휘둘리지 않는 사람들도 있었다.

"오죽노께서 그리 결정하셨다면 어쩔 수 없는 일이지요. 몸이 성치 않으신 분을 맹의 일에 붙들어둘 수도 없는 일 아닙니까?"

백문의 문주 군자우다.

그는 혹시라도 다른 사람들이 오죽노가 맹을 떠나는 것을 말릴까 걱정하는 표정이었다. 그러나 그의 걱정은 기우에 불과했다.

"백문주님의 말이 옳습니다. 사람은 언제나 떠날 때를 알아야 하는 법이지요. 지금이야말로 제가 구천맹을 떠날 때입니다. 부디 여기 계신 분들께서 힘을 모아 마천을 물리치고 강호의 정의를 지켜주시길 바랄 뿐입니다."

"아! 정녕 떠나시겠단 말이오?"

정명선사가 다시 물었다.

"이미 결심이 섰습니다."

오죽노가 대답했다.

"참으로 안타까운 일이오. 마천을 상대하는 일에는 오죽노께서 반드시 필요한데……."

"어찌 사람이 저 하나겠습니까? 기인이사가 모래알처럼 많은 강호입니다. 여기 계신 분들 역시 모두 저보다 뛰어나신 분들이지요. 아무튼… 저로선 이런 기회에 세상의 일에서 벗어나게 되어 홀가분한 마음입니다."

"오죽노께서 정 그렇다면 어쩔 수 없는 일이구려. 언제 떠나시겠소?"

정명선사가 물었다.

"몸은 거동할 만하니 삼 일 후에는 떠날 생각입니다. 청빈각은 말끔히 비울 테니 맹에서 필요한 대로 쓰십시오."

"어디로 가실 생각이시오?"

"제게 고향 같은 곳이 있습니다."

"그런 곳이 있었소?"

정명선사뿐 아니라 다른 사람들도 오죽노의 말에 관심을 보였다.

오죽노가 구천맹에 올 때 그는 혈혈단신이었다. 또한 그의 과거에 대해선 거의 알려진 바가 없는 사람이었다. 그러니 오죽노 자신이 고향이라고 칭하는 곳에 대해 관심이 갈 수밖에 없었다.

“동쪽 해안에 적불산이라는 곳이 있습니다. 그곳이 제가 자란 곳이지요.”

“적불산이라… 들어보지 못한 지명이구려.”

“본래 아주 작은 산이라 세상에 알려진 곳이 아닙니다.”

“그렇구려. 가시기 전에 다시 뵐 수 있겠소?”

정명선사가 물었다. 그러자 오죽노가 고개를 저으며 말했다.

“지금 마천의 기세가 하늘을 찌르고 있으니 그에 대한 대책들을 서둘러 마련하셔야 할 겁니다. 그러니 제가 다시 시간을 빼앗을 수는 없지요. 전 오늘 이곳에서 작별을 고할까 합니다.”

“하지만 어떻게 이리 쓸쓸히 보낼 수 있단 말이오? 오늘 저녁이라도 함께하십시다.”

“아닙니다. 사실 지금도 서 있기가 힘에 부치는군요. 그러니… 조용히 떠나게 허락해 주십시오.”

“정 그러시다면 알겠소이다. 적불산에 돌아가서서는 몸조리 잘하시기 바라오. 세상일은 알 수가 없소이다. 우린 언제나 오죽노가 필요한 사람들이오.”

"인연이 있다면… 그럼!"

오죽노가 좌중을 향해 포권을 해 보이고는 종목염의 부축을 받으며 대전을 벗어났다.

오죽노가 나가자 대전이 침묵에 빠져들었다. 기이한 긴장감이 사람들 사이를 맴돌았다. 공허함인 듯싶었다.

십여 년간 오죽노는 누가 뭐래도 구천맹의 중심이었다. 그 중심이 빠졌으니 그를 반대하던 자들조차도 심리적인 공허함을 느끼지 않을 수 없었다.

"그를 따라가는 사람이 몇이나 되겠소이까?"

입을 연 사람은 봉황문주 연청비다. 구파의 주인 중 유일한 여고수다.

"누가 그를 따라가겠소. 제자들을 제외하고는 없을 것이오."

백문의 문주 군자우가 대답했다.

"그를 따르던 사람이 생각보다 많소이다."

"권력은 무상한 것이오. 지금까지 그를 따르던 자들은 그에게 권력이 있기 때문에 모여든 것이었소. 그러나 이제 그는 힘을 잃었소. 그런 그를 누가 따르겠소. 난… 그의 제자 중에도 이탈자가 나올 것 같소이다만."

"글쎄. 과연 그럴지… 만약 그를 따라 구천맹을 떠나는 자들이 제법 나온다면 혼란이 일어날 수도 있소. 가뜩이나 마천의 공세를 막아내야 하는 마당에……."

"글쎄 걱정할 일이 아니라도 그러는구려. 사람은 결국 자신의 이득에 따라 운명을 택하게 되어 있소. 누구도… 그 이치에 서 벗어나기 어렵다는 걸 잘 알고 계시지 않소?"

"그런 그렇지만……."

봉황문주 연청비가 말꼬리를 흐린다. 그러자 소림의 정명선사가 분위기를 바꿨다.

"자자, 떠난 사람은 떠난 사람이고 급한 일을 먼저 해결합시다. 마천을 어찌 상대할지 하루 빨리 계획을 세워야 하오."

정명선사의 말에 사람들이 금세 현실 세계로 돌아왔다. 떠난 오죽노보다 눈앞에 닥쳐온 마천을 상대하는 일이 더 급한 그들이었다.

눈이 오는 날 아침, 오죽노가 든든한 가죽신을 신었다.

청빈각 앞에 오십여 명의 사람이 도열해 있었다. 마차가 석 대, 말이 이십여 필이다. 적지 않은 인원이나 구천맹을 호령하던 오죽노의 위치를 생각하면 초라한 일행이기도 했다.

"모두 모였느냐?"

오죽노가 대제자 종목염에게 물었다.

"그렇습니다."

"이게 전분가?"

"일부는 먼저 보냈습니다."

"음… 그래도 생각보다는 적군."

"곧 세상이 어찌 돌아가는지 알면 다시 모일 겁니다."

종목염이 섬광이 흐르는 눈으로 대답했다.

"그런 자들이야 믿을 수가 있나. 보자… 오늘 이곳에 모인 사람들의 얼굴을 잊으면 안 되지."

오죽노 혜간이 그와 함께 구룡대산을 떠나기로 결정한 사람들의 얼굴을 하나하나 살피기 시작했다.

그 행동이 또한 그와 함께 구룡대산을 떠나기로 한 자들의 가슴을 뭉클하게 만들었다. 의도적이든 아니든 오죽노는 그렇게 사람들의 마음을 얻는 재주가 있었다.

"자네들도 함께 가주시는가?"

문득 오죽노의 얼굴에 반가운 기색이 서렸다. 그의 눈에 말 위에 올라 있는 중천산 부자가 들어온 것이다.

"달리 갈 곳이 있어야지요. 그렇다고 제룡가로 다시 돌아갈 수도 없고……."

중천산이 대답했다.

"하하하, 그러고 보니 그렇군. 혈맹록의 약조로 제룡가를 떠난 사람이 다시 그리로 돌아갈 수는 없지. 하지만… 곧 제룡가는 다시 한 식구가 될 걸세."

"그건 모를 일이지요."

중천산이 무심히 대답했다.

지금까지는 제룡가에 대해 강력한 영향력을 유지해 온 오죽노다. 그러나 그건 얼마 전까지의 일이었다.

오늘 오죽노가 구룡대산을 떠난 이후에도 과연 제룡가주 척황이 여전히 오죽노를 따를지는 두고 볼 일이다. 권력을 잃은 자를 따를 야심가는 없으니까.

"반드시 나에게 오게 될 걸세."

"이유가 있습니까?"

"왜냐하면 난 다시 힘을 갖게 될 테니까."

오죽노가 묘한 웃음을 지었다. 그러자 중천산이 고개를 숙이며 대답했다.

"솔직히 말하자면 저 역시 그런 이유로 대인을 따라가는 것입니다. 대인께는 반드시 다른 일책이 있으시겠지요."

중천산의 말에 오죽노가 갑자기 호탕한 웃음을 터뜨렸다.

"하하하! 내가 정말 사람 하나는 정말 잘 골랐군. 그래, 그게 바로 자네지. 중천산! 격포 중가의 가주 말이야. 하하하!"

그날 청빈각이 비워졌다. 사람들은 청빈각을 보며 세월과 권력의 무상함을 이야기했다.

한동안 세상의 중심이었던 청빈각이다. 구파의 수장들이 모이는 구룡대전보다도 오히려 청빈각에서 세상의 판이 짜여졌었다.

그런데 하루아침에 그 청빈각이 비었다. 그 이름처럼 텅 빈 장원으로 변한 것이다.

그러나 청빈각이 비어 있는 시간은 그리 길지 않았다. 오죽노 혜간이 떠난 지 채 삼 일이 지나지 않아 청빈각에 새로운 사람들이 살기 시작했다.

마천과의 본격적인 결전을 앞두고 구파의 정예들이 구름처럼 구룡대산으로 모이기 시작한 것이다.

그들에게 구파의 수장들은 청빈각을 거처로 내주었다. 마치 오죽노가 다시는 돌아오지 못할 사람이라는 것을 모두에게 선언하듯이.

제6장

뿌리

"한록산? 처음 들어보는 곳이군."

전대 천수가 고개를 갸웃했다. 그러자 토귀 녹명이 그것보라는 듯이 말했다.

"그것 보시오. 모르는 곳이지 않소. 나도 처음 가보는 곳이었다니까. 그런데 참 이상하지. 그런 곳이 왜 세상에 알려지지 않았을까?"

토귀가 턱을 괴며 중얼거렸다.

궁비영 일행은 구룡대산에서 멀지 않은 곳에 머물고 있었다. 대혈곡의 대패 이후 구천맹이 어떤 행보를 보일지 확인하려는 의도도 있었고, 그곳에서 만날 사람도 있기 때문이었다.

"그렇게 특별했소?"

동왕 귀보전이 물었다.

"그렇더이다. 도대체가 협곡이 너무 복잡해서 길 모르고 들어갔다가는 생사람 잡겠더라니까. 맨정신인 사람도 그 미로에 홀리면 미쳐 나오기 딱 좋은 곳이었소."

토귀 녹명에게 유령문의 동왕이란 신분은 그리 내세울 것이 못 되었다. 그래서 동왕 귀보전을 대하는 녹명의 행동은 스스럼이 없었다.

"그곳에서 땅을 팠다고요?"

이번에는 당대 천수 구이향이 물었다.

"그랬지. 제길, 어디를 파고 있는지도 모르고 팠다니까. 미로 중간중간을 연결하는 것 같기도 하고… 어떤 때는 거대한 지하 별부를 만드는 것 같기도 했지."

녹명이 말꼬리를 흐렸다. 자신이 한 일을 자신이 모른다니 말하면서도 창피한 모양이었다.

"그러다가 불려 나왔다는 거군요."

"그렇지. 대혈곡의 일이 더 급하다고 생각한 모양이네. 대혈곡에서 탈출로를 팠는데 미처 제대로 완성되지 못했지. 만약 제대로 만들었다면 구천맹이 패할지언정 지금처럼 막대한 손해를 보지는 않았을 걸세."

"그걸 믿고 오죽노가 대혈곡으로 마천의 무리를 유인한 것이군요."

"생각해 보면 참 이상한 일이야."

토귀 녹명이 머리를 긁적이면 중얼거렸다.

"뭐가요?"

"그자가 파는 함정에는 거의 전부 내가 관여되었으니까."

"호호, 듣고 보니 그러네요. 그래서 그자가 더욱 아쉬워하겠어요."

"흐흐흐, 그렇겠지. 그 한록산이란 곳의 함정은 아직 완성되지 못했으니까. 아니, 그보다도 내 입이 무섭겠지. 흐흐"

녹명이 음산한 미소를 짓는다.

그런데 그때 문득 문 밖에서 사람 기척이 느껴지더니 검은 무복의 사내가 방 안으로 들어섰다.

"왔는가?"

동왕 귀보전이 사내에게 아는 척을 했다. 그러자 사내가 귀보전에게 고객를 숙여 보이고는 급히 입을 열었다.

"소식이 왔습니다."

"그래 어찌 되었다든가?"

"오늘 오죽노가 구룡대산을 떠났답니다. 완전한 은퇴라고 하더군요."

"결국 그리되었군."

귀보전이 만족한 듯 고개를 끄떡인다. 그러자 궁비영이 사내에게 물었다.

"그는 어디로 간다고 했다던가요?"

"소문으로는 적불산으로 간다고……."

사내의 말에 궁비영과 귀보전이 천천히 고개를 끄떡였다.

"역시 적불산이군."

귀보전이 중얼거렸다.

"그곳에 대한 조사는 어찌 되었습니까?"

궁비영이 물었다.

"아직은 소식이 없네. 그러고 보니 지금쯤이면 소식이 와야 하는데……."

귀보전이 답답한 표정으로 중얼거렸다.

유령문에서는 오래전부터 오죽노의 근거지였다는 적불산을 조사하고 있었다.

"아무튼 그가 떠났다면 우리도 이곳에 있을 이유는 없지 않소?"

토귀 녹명이 물었다. 그러자 궁비영이 고개를 끄떡였다.

"일단 해산으로 가시지요."

궁비영이 귀보전을 보며 말했다.

"아무래도 그게 좋겠습니다. 먼저 천하가 어찌 움직이는지 확인할 필요가 있겠지요."

* * *

침울한 분위기가 대전을 휘감았다. 누구도 쉽게 입을 열지 못했다.

패전의 소식이 하루가 멀다 하고 구룡대산으로 날아들었다.

호남과 호북의 터줏대감이던 비산문과 자부문은 놀랍게도 하루아침에 가업을 거두고 강호에서 사라졌다.

그렇다고 그들이 마천의 마두들에게 전멸을 당한 것은 아니었다. 그들은 스스로 세상에서 자취를 감췄다.

비록 대협곡에서 큰 손실을 입었다고는 하나 비산문과 자부문도의 숫자는 수백에 이른다. 칼 쓰는 자들만 센 숫자다.

그런데 그 많은 인원이 하루아침에 거짓말처럼 사라진 것이다.

마천은 호기롭게도 비산문의 빈 장원에 똬리를 틀었다. 천산에서 온 일천 마인이 비산문의 장원에 들었다는 소문도 돌았다.

물론 숫자를 확인할 수는 없지만 일단 마천이 그 세력을 바닥까지 끌어냈다는 것은 분명했다.

그리고 이어지는 크고 작은 패전들. 구천맹은 곳곳에서 패전했다.

마치 과거 마천의 시대가 시작되던 초창기처럼 그렇게 구천맹은 자신들의 터전을 하나둘 마천에게 내어주고 있었다.

"이대로는 어려울 것 같소."

긴 침묵을 깬 자는 무당 장문인 청옥자 임옥이다.

"딱히 방도가 없지 않소?"

백문의 문주 군자우가 되물었다.

"일단 맹도들을 전선에서 물립시다."

"그게 무슨 소리요? 그리되면 적들의 기세가 더욱 강해질 것이오."

군자우가 화를 내듯 말했다. 그러자 청옥자 임옥이 냉정한 목소리로 말했다.

"지난 열흘간 다섯 곳에서 패했소. 물론 그리 중요한 싸움들은 아니었으나 이미 그 패배들로 인해 맹도들의 사기가 땅에 떨어졌소. 세력으로 적을 분산시키려던 계획은 실패했소. 그러니 맹도들을 물려야 하오."

임옥의 말이 워낙 단호해서 군자우도 함부로 반발하지 못했다. 그러자 소림의 정명선사가 입을 열었다.

"나 역시 무당 장문인의 말씀에 동의하오. 이 계획은 실패했소. 더 많은 희생을 치르기 전에 맹도들을 물러나게 해야 하오."

정명선사까지 나서자 이제 더 이상 청옥자 임옥의 의견에 반대하는 사람은 없었다.

애초에 구천맹은 마천을 상대하기 위해서 전선을 넓히는 계책을 썼다.

세력으로 보자면 여전히 구천맹이 마천을 능가했기에 전선을 넓혀 적을 분산시키면 충분한 승산이 있다고 생각했던 그들이었다.

그러나 마천의 대응은 그들의 예상을 벗어났다.

그들은 정예고수들만 빠르게 이동시켜 구천맹도들을 공격했다. 그 결과 곳곳에서 들려온 소식은 패배의 연속이었다.

"계획이 틀어진 것은 알겠는데 이유를 모르겠구려."

화산 장문인 화산검 진림이 고개를 저으며 중얼거렸다.

"그러게 말이오. 분명 세력은 우리가 유리한데 싸우는 족족

패하니… 그렇다고 저들의 무공이 현격히 높은 것도 아니고."

봉황문주 연청비가 혀를 차며 중얼거렸다.

그러자 입을 굳게 다물고 있던 당문의 문주 당황이 싸늘한 목소리로 입을 열었다.

"우리가 실수를 한 것이오."

"무슨 실수를 했단 거요?"

백문의 문주 군자우가 물었다.

"우린 과거를 너무 쉽게 잊었소. 덕분에 같은 실수를 반복한 것이오. 과거 마천이 처음 등장했을 때를 생각해 보시오. 그들은 천하인의 눈을 속이고 은밀하게 움직여 맹의 요인들을 암살하고 천하의 요지를 차지했소. 그 은밀한 움직임을 제대로 알아내지 못해 저들에게 천하를 내어주지 않았었소? 그런데 지금 놈들은 바로 그때처럼 움직이고 있는 것이오."

당황의 말에 장내 고수들의 얼굴이 어두워졌다.

그들 역시 당황이 말한 사실을 모르는 바는 아니었다. 단지 입에 올리고 싶지 않았을 뿐이다.

왜냐하면 그 말을 입에 올리는 순간 한 사람의 이름과 한 문파의 이름을 반드시 거론해야 하기 때문이었다.

"마천의 그 전략을 깨뜨린 것이 바로 오죽노와 유령문이었지요."

연청비가 중얼거렸다. 누구도 하고 싶지 않은 말을 그녀가 대신한 것이다.

"문제는 지금 그들이 우리에게 없다는 것이오."

당황이 말했다.

"음… 흑성들이 있지 않소?"

군자우가 반문했다. 그러자 당황이 고개를 저었다.

"미안하게도 흑성들은 더 이상 믿을 수 없소. 무명도주를 포함한 전대 흑성이 모두 맹을 떠난 이후 흑성을 움직일 사람이 없소. 더군다나 남아 있는 자라고는 젊은 흑성들뿐이니……."

"그들이 오죽노에게 갔을 거라 생각하오?"

군자우가 다시 물었다.

"아마도……."

"영악한 자 같으니라구. 모든 것을 버리고 떠나는 것처럼 말하고는 가지고 갈 것은 철저하게 긁어 가지고 갔어. 이자가 무림을 삼분하려 할 수도 있소."

뒤늦은 후회다.

오죽노는 조촐한 무리로 떠났지만 일단 그가 구룡대산을 벗어난 이후 구천맹 곳곳에서 사람들이 사라졌다. 그들은 모두 오죽노를 따르던 자들이었다.

더 중요한 것은 그렇게 사라진 자들이 지금껏 구천맹의 어두운 곳을 책임져 왔다는 것이었다.

있을 때는 드러나지 않던 자들이나 사라지면 그 틈이 너무 커 구천맹이 한순간에 모래성처럼 느껴질 정도였다.

"맹도들을 물리고 전선을 줄입시다. 지구전을 한다면 마천도 지금처럼 암습을 통한 공격을 쉽게 하지 못할 것이오. 연후, 정예 고수들을 모아 한 곳 한 곳 천천히 놈들을 공략해 갑시다."

당황이 말했다.

"지금으로썬 그 전략이 가장 좋은 것 같소. 물론 인내심이 필요할 거요. 싸움은 길어질 것이고, 천하는… 황폐해지겠지. 구천맹의 위명도 예전과는 달라질 것이오."

정명선사가 말했다.

"감수할 것은 감수해야겠지요. 후우……."

청옥자가 길게 한숨을 내쉬었다. 그러자 화산 장문인 진림이 다시 어려운 말을 꺼냈다.

"모양이 사납지만… 다시 오죽노를 부르는 것은 어떻소?"

"불가하오!"

군자우가 단호하게 말했다.

"반대만 할 것이 아니라 신중하게 생각해 보시오. 그라면 분명 좀 더 나은 방도를 찾아낼 거요."

"그 역시 최근에 들어서는 연전연패, 사천에서 그리고 목양에서 모두 패하지 않았소? 그러고 보면 과거의 승리도 그의 공이 아니오. 그 모든 것은 유령문의……."

군자우가 유령문을 입에 담는 순간 스스로 말을 멈췄다. 그리고 잠시 침묵이 흘렀다.

그러다가 봉황문주 연천비가 조심스럽게 말을 꺼냈다.

"지금 오죽노를 부른다 해도 그는 오지 않을 것이오. 그가 자신의 사람들을 은밀히 거둬 간 것을 보면 이미 본 맹에서 마음이 완전히 떠난 것이오. 혹은… 우리 모두가 그의 눈앞에 무릎 꿇기를 원하는지도 모르겠소. 그럴 수는 없는 일 아니오?"

"당연한 말이오."

군자우가 단호하게 말했다. 그러자 연청비가 다시 입을 열었다.

"그러나… 유령문은 다를지도 모르오."

그러자 군자우가 고개를 저었다.

"그들이라고 다르겠소? 더하면 더하겠지. 마곡산의 일을 잊은 거요?"

군자우의 반문에 연청비가 고개를 저었다.

"그 일은 충분히 변명할 수 있는 일이오. 맹의 결정이 아니라 오죽노의 독단적인 행동이었다고. 더군다나 그 오죽노가 맹을 떠났소. 충분히 유령문과 대화를 나눌 수 있는 상태라고 보오."

"음… 그들이라면 마천의 은밀한 움직임을 제어할 수 있기는 할 테지만……."

군자우가 말꼬리를 흐린다.

욕심은 나지만 과거 배신한 그들을 다시 볼 염치는 없는 모양이었다.

"그 일을 해주실 수 있겠소?"

정명선사가 연청비에게 물었다. 그러자 연청비가 고개를 끄떡였다.

"제가 한번 나서보지요. 다행히 유령문의 남왕과는 인연이 있으니. 물론 못 본 지 오래되었지만."

"좋소이다. 그럼 일단 사람들을 물려 적과의 싸움을 피하고 유령문을 만나보는 것으로 합시다."

*　　*　　*

산이 바다처럼 펼쳐졌다. 높지 않은 봉우리들이 꼬리를 물고 이어진 광활한 산야, 사람들은 이곳을 해산이라 부른다.

그 해산 초입에 궁비영 일행이 당도했다.

"이곳이 해산입니다."

해산의 남쪽 입구에서 걸음을 멈추며 귀보전이 궁비영에게 말했다.

"깊군요."

"그렇지요. 높지는 않지만 숲이 넓고 깊습니다. 유령문의 거처로는 안성맞춤이지요."

"언제부터 이곳에 유령문의 거처가 생겼습니까?"

궁비영이 물었다.

"오래전부터 작은 분타가 있기는 했습니다. 그러다가 마곡산이 불탄 이후에는 이곳이 본 문의 중원 본거지가 되었지요. 사실 사람들의 이목을 피하는 것으로 보자면 마곡산보다 좋지요."

그때 문득 숲 속에서 네 사람이 모습을 드러냈다.

소문주 송교연과 남왕 적하연, 그리고 송교연의 오랜 수족인 귀령과 화묘라는 두 여고수다.

"오셨군요."

송교연이 먼저 귀보전에게 아는 척을 했다.

"직접 나오셨습니까?"

귀보전이 의아한 표정으로 인사를 하며 물었다.

"고생들 하셨으니 당연히 마중을 해야지요. 그래… 괜찮은가요?"

송교연이 조금은 어색한 표정으로 궁비영에게 물었다. 궁비영은 유령문의 계명흑성이기 이전에 그녀의 정인 궁도요의 아들이다. 당연히 조심스러울 수밖에 없는 송교연이다.

"나쁘지 않았습니다."

궁비영이 가볍게 대답했다.

"다행이군요. 아버님이 걱정을 많이 하셨어요."

"연락이 왔습니까?"

"항상 전서를 주시죠."

"다행이군요."

"예?"

"소문주께라도 자주 소식을 전한다니 다행이란 뜻입니다."

"서운하신가요?"

"그럴 리가요."

궁비영이 웃으며 고개를 저었다.

"그럼 다행이고요. 자, 이제 해산 구경을 좀 하실까요?"

송교연이 가벼운 미소를 짓고는 사람들을 산길로 이끌기 시작했다.

길이 따로 없었다. 이 산을 모르는 사람이라면 나가는 길을 찾지 못해 숲에 갇혀 죽을 것같이 깊은 숲이다.

오래된 넝쿨들이 아름드리나무에 걸쳐져 있고, 낙엽이 깊게 쌓인 바닥은 간혹 늪과도 같았다.

구구구!

이름 모를 새의 울음소리도 들려온다.

보통의 숲이라면 귀 기울여 들을 만한 아름다운 소리지만 이 숲에서는 괴기스럽기다.

도대체 이런 숲에서 사람이 살 수 있는 걸까 하는 생각이 자연히 들 수밖에 없는 숲이었다.

그런데 한순간 숲의 그 끈적한 기운이 사라지고 상쾌한 바람이 불어왔다.

그러고 보니 언제부턴지 일행이 조금 높은 지대로 올라와 걷고 있었다.

숲의 모양도 변했다. 넝쿨은 사라지고 굵은 고목들이 하늘 높이 솟아 있다. 이제야말로 사람이 살 만한 환경이다.

그리고 그 즈음해서 숲 사이로 기이한 형태의 산골 마을이 보이기 시작했다.

나무와 나무 사이를 뚫어 만든 길이 끊어지는 듯하다 다시 이어졌고, 아름드리나무 위에는 날짐승의 집처럼 나무를 얽어 만든 기이한 모양의 오두막들이 군데군데 나타났다.

그리고 숲 저 너머로 아담한 초가들이 옹기종기 모습을 드러낸다.

누가 이곳을 무림문파의 근거지라고 생각할 수 있을까. 본래 무림문파의 본거지란 높은 담장과 단단한 벽, 그리고 기와를 얹은 대전을 가지고 있는 것이 보통이다.

그런 면에서 보자면 숲 사이로 보이는 마을은 무림문파의 것이 아니라 산꾼들이 모여 사는 산마을이란 말이 더 어울렸다.

"저곳이우?"

토귀 녹명이 물었다.

"그렇소."

귀보전이 대답했다.

"말은 들었지만 참 소탈한 문파로구려. 아니면 살림이 어렵소?"

"실망이오?"

"뭐 실망은 아니지만… 그나저나 저래서는 외부의 침입을 막기가 쉽지 않을 것 같은데. 금자가 없다면 내가 조금 내놓을 수도 있소."

"하긴 그동안 숨겨놓은 금자가 많기는 하죠."

귀보전이 대답하기 전에 뒤따라가던 천수가 말했다.

"흐흐, 천수 그대만 하겠는가? 나야 땅꾼이지만 그대야말로 천하제일의 도둑이니."

"흥, 우린 금자를 모아두지 않아요. 모두 어려운 사람들에게 쓰지요."

천수가 코웃음을 치며 대답했다.

"아이쿠, 그렇구려. 하긴 천수라 하면 강호에선 의적으로 대우하니까. 아무튼 뭐 내게 금자가 조금 있기는 하오. 어떻소?"

녹명이 다시 귀보전에게 물었다.

"본 문에 금자가 없어서 마을을 이렇게 꾸민 것이 아니오. 허례를 금하라는 조사의 유지를 따를 뿐이오."

"허례라… 방비를 단단히 하는 것이 허례는 아닌데……."

"그리고 또 하나, 언제든 가볍게 떠날 준비를 하는 것이기도 하오."

"음, 그건 조금 슬픈 이야기구려."

"그게 지금까지 유령문의 처지였소. 그 운명에서 벗어나고자 노력하는 것이고."

귀보전의 말에 토귀의 얼굴이 잠시 굳어졌다. 농으로 대꾸할 말이 아니었던 것이다.

"뭐, 그럼 나중에라도 제대로 자리를 잡게 되면 그땐 내 금자를 내리다."

"고마운 말씀이오."

귀보전이 굳어진 분위기를 의식하고는 가볍게 미소를 지었다.

그런데 그때 나무 위에 날짐승의 둥지처럼 지어진 오두막에서 사람의 목소리가 들려왔다.

"다녀오셨습니까?"

소문주 송교연에게 건네는 인사다.

송교연이 고개를 들어 오두막에서 얼굴을 내민 사내를 보며 물었다.

"특별한 일은 없나요?"

"그것이… 좀 이상한 일이 있었습니다."

"무슨 일이죠?"

"방금 전 전서가 왔는데 구천맹에서 남왕께 만나자는 기별을 해왔답니다."

"구천맹에서요?"

송교연이 놀란 표정을 짓는다. 그러자 그의 뒤에서 귀보전이 궁비영을 보며 물었다.

"역시 예상대로군요."

"그들이 선택할 수 있는 길은 많지 않으니까요."

궁비영이 대답했다. 그러자 송교연이 의아한 표정으로 두 사람을 보며 물었다.

"일이 이렇게 될 줄 알았다는 건가요?"

"사실 그동안 이런 일이 일어나게 만들기 위해 움직인 것이었습니다."

"동왕님의 생각이신가요?"

"우리 두 사람 모두 원한 일이지요."

귀보전이 미소를 지으며 대답했다.

"평소 그런 생각을 했었나요?"

송교연이 궁비영에게 물었다. 그러자 궁비영이 신중한 표정으로 말했다.

"오죽노 그에게 누군가에게 버려지는 고통을 알게 하고 싶었지요. 그러나 그런 복수심 말고 현실적인 문제도 생각한 일입니다. 어차피 유령문이 천하를 지배하지 않는 이상 구천맹이든 혹은 마천이든 거래가 필요하니까요. 비록 둘 모두 유령문을 배신한 곳이기는 해도……."

"그래도 구천맹이 낫다는 거군요."

"마천은… 뜨거운 용암 같은 곳이지요. 한 번 휘말려 들면 결국엔 그 열기에 녹아들고 말 겁니다. 그걸 원하는 것은 아니지 않습니까?"

"그렇지요. 유령문이 원하는 것은 오직 하나, 누구의 방해도 받지 않고 무림의 한 문파로 살아가는 것이지요."

송교연이 고개를 끄떡였다.

"그래서 구천맹입니다. 오죽노가 없는 구천맹이면 거래가 될 겁니다."

"그럼 그들의 거래를 받아들여야겠군요."

"한 가지 받아내야 할 것은 있지요."

"……?"

"오죽노를 강호공적으로 지목하는 일입니다."

"아!"

송교연은 물론 장내의 고수들이 나직한 탄성을 흘린다. 결코 쉬운 일이 아니다. 비록 구룡대산을 떠났다고 해도 구천맹에서 오죽노의 과거를 부인하는 것은 쉬운 일이 아니다.

"그들이 받아들이기 힘들 거예요."

"하지만 결국 굴복할 겁니다. 유령문 없이 그들은 절대 마천을 상대할 수 없으니까요. 다시 오죽노를 불러들이면 몰라도……."

"외려 그쪽을 선택할 수도 있지 않소?"

토귀 녹명이 말했다. 그러자 궁비영이 고개를 저었다.

"결코 그런 일은 없을 것이오."

"왜 그렇게 확신하오?"

"그들도 알고 있기 때문이오. 다시 오죽노를 구룡대산에 불러들이는 순간 그들 모두가 오죽노 앞에 무릎을 꿇어야 한다는 것을 말이오. 그건… 우리의 요구를 받아들이는 것보다 더 선택하기 어려운 일일 것이오."

"음… 하긴 그렇지. 오죽노를 공적으로 지명하는 것은 명예는 손상돼도 이득이 있는 일이지만, 오죽노를 맹주로 떠받든다는 일은 명예도 이득도 없는 일이니까."

녹명이 금세 궁비영의 말을 알아듣고는 중얼거렸다.

"좋아요. 그럼 그런 조건으로 거래를 해보도록 하지요."

"소문주께서 직접 가시겠습니까?"

귀보전이 송교연에게 물었다.

"아무래도 그래야겠지요. 거래를 하려면 저들의 체면도 세워줘야 하니까."

"위험할 수도 있습니다."

귀보전이 걱정스레 말했다. 그러자 궁비영이 입을 열었다.

"제가 함께 가지요."

"정말 그래줄래요?"

송교연이 기쁜 표정으로 되물었다. 그녀로서는 궁비영이 동행하겠다는 말이 그녀와 궁도요 사이를 인정한다는 뜻으로 여겨지는 모양이었다.

"대신 시간을 좀 늦추지요."

"하긴 거래는 뜸을 들여야 이득이 많이 나는 법이지."

토귀가 자신의 일인 냥 희죽거리며 입맛을 다셨다.

봉우리와 봉우리 사이를 운무가 가득 메웠다. 해가 뜨기 시작하자 운무들의 움직임도 빨라졌다.

마치 파도가 빠져나가듯 운무들이 알 수 없는 곳으로 빠르게 흘러갔다. 해산이라는 이름에 어울리는 풍경이다.

궁비영은 작은 산봉우리에 올라 일출을 바라보고 있었다.

격변의 강호다. 그 안에서 유령문이 온전히 버텨내려면 지금부터 그의 손에 피를 묻혀야 할 터였다.

그런데 그 일이 그를 위한 일인지는 알 수 없었다. 그래서인지 마음 한편이 무겁다.

"후욱!"

찬 공기가 폐를 통해 그의 머리까지 이어진다. 안개 같던 머리가 한순간 맑아진다.

"팔자대로 사는 거지, 뭐……."

궁비영이 중얼거렸다.

마음이 한결 가벼워진다. 운명이라는 놈을 끌어와 책임을 미룰 수 있다는 것이 인간을 살게 하는 것인지도 모른다.

그때 그를 향해 귀보전이 빠르게 다가왔다.

"여기 계셨군요."

"찾으셨습니까?"

귀보전의 표정을 보니 아마도 아침부터 궁비영을 찾은 모양이었다.

"소식이 왔습니다."

"광에 대한 것인가요?"

한동안의 동행으로 귀보전은 궁비영에 대해 제법 많은 것을 알고 있었다.

그러므로 아침부터 애써 궁비영을 찾아 가져온 소식이라면 궁비영이 가장 궁금해할 소식이 분명했다.

"그렇습니다."

"떠났습니까?"

"그렇습니다. 오죽노와 함께 구룡대산을 떠났답니다."

"다행이군요."

궁비영이 대답했다.

"정말 그렇게 생각하십니까?"

"격포 중가가 구천맹에 남아 있다면 저로서도 참 껄끄러운 일이지요."

"그런데 어째 아쉽다는 표정이십니다."

"동왕께서는 이제 제 마음을 너무 잘 읽으시는군요."

"누구라도 그리 보았을 겁니다. 애증이란… 묘한 놈이지요. 이길 수가 없어요."

"그렇지요? 하지만 두 번 생각해도 중씨 부자가 구천맹을 떠난 것은 좋은 일입니다."

궁비영은 구천맹과 거래를 하면서 다시 중광을 보아야 하는 문제로 적지 않게 고민하고 있었다.

격포 중가의 두 부자는 궁비영 부자에겐 용서할 수 없는 존재들이었다. 물론 여전히 그들에 대한 애정도 존재했다.

"다른 소식도 있습니다."

"……?"

"손님이 한 분 오신답니다."

"누구 말입니까?"

"목불이 오고 있습니다."

"그분이요? 무슨 일로……."

살자이는 반가운 사람이다. 그러나 아무리 살자이라 해도 유령문의 비밀 거처인 해산에 드는 것은 특별한 일이 아닐 수 없었다.

"목불께서 우연히 본 문의 유령사들과 행보가 겹치셨던 모양입니다."

"그렇다고 해산까지 오신다는 것은……."

"중요한 사실을 알게 되신 것 같습니다."

"무엇입니까?"

"유령사들의 전언에 따르면 드디어 오죽노의 실체에 대해 알아낸 것 습니다."

"정말입니까?"

궁비영이 놀란 표정으로 귀보전을 바라봤다.

오죽노 혜간의 뿌리에 대한 의문은 강호인들 모두가 가지고 있는 것이었다.

그가 구천맹에 들기 이전의 과거, 그리고 그가 태어나기 이전 그의 선조에 대한 정보는 철저히 장막에 가려져 있었다.

"목불께서 그 일에 대한 결정적인 단서를 찾으신 모양입니다."

"그렇군요. 언제 오신답니까?"

"오늘 정오쯤에는 당도하실 겁니다. 그러니 이젠 내려가시지요?"

산 정상에서 유령문의 근거지까지는 대략 한 시진은 걸어야 하는 거리다. 미리 내려가 살자이를 마중하려면 지금 떠나야 했다.

"가시죠."

궁비영이 고개를 끄떡이고는 앞서서 걸음을 옮기기 시작했다.

무량보에 대해 말하자면 시간이 지날수록 알 수 없는 무공이란 생각이 들었다. 화인 노송의 무공은 무척 실전적이어서 수련의 목표가 명확했다.

그러나 무량보는 달랐다. 무량보의 수련은 마치 깊은 물속을 헤엄치는 것처럼 그 목적을 종잡을 수가 없었다.

어찌 보면 심공이오, 어찌 보면 참선이다. 불가의 무공이니 당연히 그럴 수 있다지만 기이한 것은 일단 운기에 들어가면 가끔씩 폭풍 치듯 진기들이 들끓는다는 것이었다.

그러니 불가의 수도를 위한 방편이라고 보기도 어려웠다.

진기가 불안정해지는 경우는 언제나 운기 중 상념이 끼어들었을 때였다.

상념이 시작되면 무량보의 구결에 상관없이 진기가 들끓었다. 아마도 그것이 바로 신마 바탄이 걱정한 무량보의 마기일지도 몰랐다.

재빨리 그 상념에서 벗어나지 못하면 승한 기운이 어찌 폭발할지 알 수 없었다.

그래서 이 기이한 무공은 궁비영에게도 간혹 두려움을 줬다. 수련 중에 운기를 포기한 경우도 가끔 있었다.

살자이가 말한 대로 궁비영 자신이 신마 바탄의 환생자인지도 의심스러울 정도였다. 물론 환생 그 자체를 딱히 믿지 않는 궁비영의 마음 때문인지도 모르지만…….

어쨌든 그 괴인한 숙제를 궁비영에게 던져 준 살자이가 숲으로 난 길을 뚫고 다가오고 있었다. 그의 곁에 유령사 몇 명이 따르고 있었는데 낯익은 사람의 모습도 보였다.

"서왕께서도 함께 오시는군요."

언제나처럼 학사의 모습인 서왕 옹완을 보며 궁비영이 말했다.

"그러게 말입니다. 함께 오실 줄은 몰랐군요."

서왕 옹완은 실질적으로 중원에서 유령문을 움직이는 사람이었다. 과거 구천맹에 오죽노 혜간이 있었다면, 유령문에는 서왕 옹완이 있다고 말할 수 있을 정도로 옹완은 유령문의 특출 난 책사였다.

"어서 오십시오."

두 사람의 대화는 금세 끊겼다. 소문주 송교연이 몇 걸음 앞으로 나가 살자이와 서왕 옹완을 맞았다.

"좋은 곳이군요."

살자이의 인사는 해산에 대한 칭찬으로 시작됐다.

"숲이 깊지요. 농사를 짓기는 어려운 곳이에요."

송교연이 웃으며 말했다.

"하하, 유령문의 협사들께서 농사를 짓다니요."

"협사라니, 유령사들이 들으면 비웃겠어요."

강호의 그 누구도 유령문의 유령사들을 협사라 부르지 않는다. 오히려 마인보다 못한 사이한 존재, 혹은 살수들이라고 부르는 경우가 많았다.

"모르면 모를까 아는 사람에게는 당연히 협사들이지요."

궁비영은 생각보다 살자이가 사람들 비위를 잘 맞춘다고 생각했다. 의외의 모습이다.

그때 문득 살자이가 궁비영을 발견하고는 반갑게 다가섰다.

"잘 지내셨는가?"

"목불께선 전보다 좋아 보이시는군요."

"나쁘지는 않았네. 요즘 일이 술술 풀리는 기분이야. 이번에도 오랜 궁금증을 풀었지."

아마도 오죽노에 대한 이야기리라.

"자세한 이야기는 들어가서 하시지요."

서왕 옹완이 살자이를 보며 말했다. 그러자 살자이가 겸연쩍은 표정으로 실소를 흘리며 말했다.

"하하, 그럽시다. 내가 알아낸 것을 궁 대협에게 자랑을 하고 싶어서 주책을 떨었구려."

연신 사람 좋은 웃음을 흘리며 살자이가 말했다.

살자이와 서왕 옹완의 입을 통해 나온 말이 장내의 사람들을 놀라게 만들었다.

"지금 육혈무성이라고 했나요?"

송교연이 믿을 수 없다는 듯 되물었다.

"그렇습니다."

서왕 옹완이 대답했다.

"정확한 것인가요?"

"구 할은 확실할 겁니다."

다시 옹완이 대답했다.

"어떻게 그 사실을 알게 된 것이죠?"

송교연이 다시 물었다. 그러자 옹완이 토귀를 보며 말했다.

"모든 것은 토귀께서 전해준 말로부터 시작되었다고 할 수 있습니다. 그 한록산 말입니다."

"오죽노가 토귀 어른을 데려갔던 곳 말이군요."

"그렇습니다. 그곳의 위치를 확인하는 순간 모든 의문이 풀리더군요."

"어딘지 알아내셨군요?"

"바로 육혈봉이었습니다."

"육혈봉!"

송교연이 벌린 입을 다물지 못한다.

전설의 땅, 또한 비극의 땅 이름이다.

과거 육혈무성이 천하를 지배하던 시절 그들은 한곳에 머물지 않았다. 여섯 사람이 천하 각지에 똬리를 틀고 앉아 세상을 지배했는데, 덕분에 천하 어디에서도 그들에 대한 반대 세력이 힘을 키울 수 없었다.

그렇게 세상에 흩어져 살던 육혈무성은 매년 칠월칠석에 한곳에 모여 열흘간 천하의 대소사를 논했다.

그들이 모이는 장소는 철저하게 비밀에 붙여졌다. 그들이 가장 신뢰하는 심복들조차도 육혈무성의 회합이 어디에서 이뤄지는지 아는 사람은 거의 없었다.

그런데 그 위치를 누구보다 잘 알고 있는 사람들이 있었다. 바로 어둠 속에서 육혈무성을 따르던 자들, 육혈무성에 의해 길러진 그들의 사냥개, 흑성이 바로 그들이었다.

화인 노송이 육혈무성을 제거할 수 있었던 가장 중요한 이유도 그들의 회합이 어디서 이뤄지는지를 알고 있었기 때문이었다.

화인 노송과 그를 따르는 흑성들은 육혈무성이 회합을 위해 세상으로부터 격리된 그 틈을 노려 그들을 제거했던 것이다.

그 전설의 장소가 바로 육혈봉이었다.

육혈무성의 영광이 시작된 곳이고, 육혈무성의 피가 뿌려진 곳. 그럼에도 천하의 그 누구도 그 위치를 알 수 없었던 곳이 바로 육혈봉이었다.

그런데 그 육혈봉에서 오축노는 한록산이라는 이름으로 육혈봉을 바꿔 부르며 천하를 향한 거대한 야망을 키워왔던 것이다.

"하지만 우연일수도 있지 않나요?"

송교연이 문득 물었다. 그러자 옹완이 대답했다.

"저 역시 그럴 수도 있다고 생각했습니다. 육혈봉의 지형이 워낙 기이해서 함정을 파기엔 적당한 곳이니 우연히 오축노의 눈에 들었을 수도 있다고 생각했지요. 그런데 그가 육혈무성에 뿌리를 둔 자임을 목불께서 확인하셨습니다."

"선사께서요?"

송교연의 시선이 자연스레 살자이에게로 향했다. 그러자 살자이가 입을 열었다.

"오축노의 출신은 모두가 궁금했던 것이지요. 나 역시 그의 과거가 궁금하긴 마찬가지. 그러다가 우연히 동해의 적불산 근처를 여행하게 되지요. 그때 퍼뜩 오축노가 적불산에 살았다는 말이 생각났소이다. 그래서 호기심에 적불산에 들어갔다가 그곳을 살피고 있는 유령사들을 보았지요."

유령문은 오래전부터 오죽노의 과거를 알기 위해 적불산에 유령사들을 보냈었다. 아마도 살자이는 그들을 보게 된 모양이었다.

"그리고 그 즈음 오죽노도 적불산으로 돌아왔지요. 그런데 그자가 돌아오자마자 한 일은 오래된 사당을 찾아 제를 지낸 일이었소이다."

"그의 선조들이 그곳에서 쭉 살았다는 의미군요."

"그렇지요. 그런데 그 제사가 너무 비밀스럽게 치러졌소이다. 오죽노를 따르던 자들도 제가 치러지는 사당에는 들어가지 못하더이다. 그래서 궁금했지요. 도대체 어떤 자의 제사를 그리 은밀히 지내나 하고 말이지요. 그 주인공을 알면 그의 뿌리를 알 수 있을 거라 생각한 거지요."

"그래서 확인하셨나요?"

"유령사들의 도움을 조금 받았지요. 다행히 유령사 중에 구노사가 계시더군요."

"구백, 그 친구를 만나신 겁니다."

서왕 옹완이 살자이의 말을 거들었다.

구백이라면 궁비영도 아는 사람이다. 과거 사천 성도의 구화방에서 그에게 마부의 일을 맡겼던 삼 총관이 바로 그였다.

"구 노사에게 밖을 혼란스럽게 만들도록 부탁을 했지요. 제사가 채 끝나기 전에 말이지요. 밖이 혼란스러워지자 제를 지내던 오죽노가 잠시 사당을 나갔고 그사이에 난 사당에 들어가 신주에 쓰인 이름들을 확인했소이다. 신주는 모두 아홉이었고, 모두 혜씨 성을 썼소이다."

"오죽노의 성이 혜씨이니 당연한 일이겠지요."

송교연이 대답했다.

"그런데 신주의 가장 앞자리를 차지한 자의 이름이 바로 혜불각이었지요."

"아!"

송교연이 다시 한 번 놀란 음성을 흘려냈다.

그녀도 살자이처럼 혜불각이라는 이름을 듣는 순간 모든 의문이 풀렸다. 뇌마 혜불각, 바로 육혈무성 중 한 명의 이름이었다.

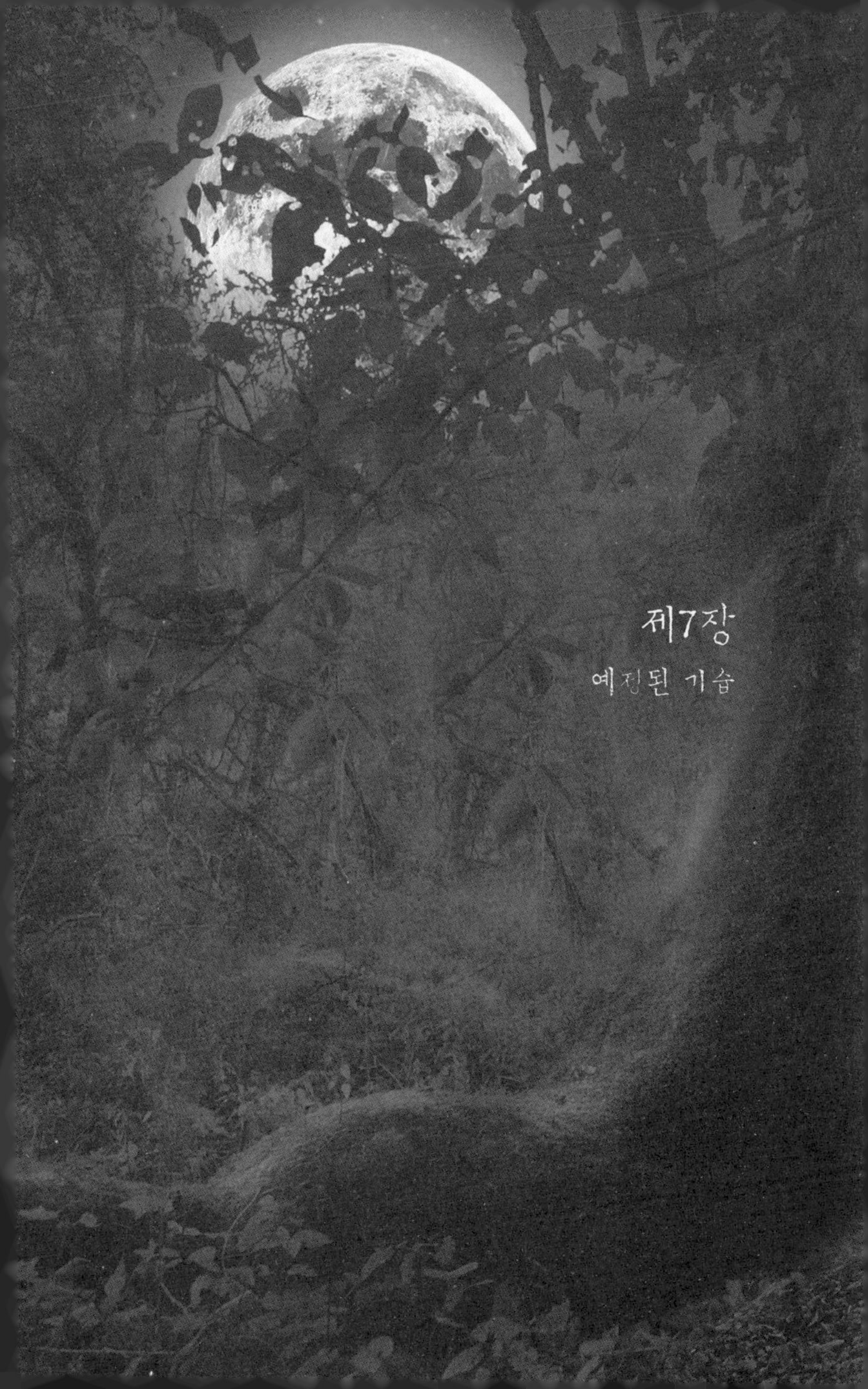

제7장

예정된 기습

사라진 자들에 대한 이야기가 한동안 강호를 떠돌았다.

그들 중 몇몇은 언제나 은밀한 존재였기에 떠난 그들에 대한 관심은 금세 시들었다.

하지만 비산문과 자부문은 달랐다. 그들은 거대한 문파다. 구천맹의 아홉 하늘 중 한자리씩을 차지한 문파였으며, 비록 대혈곡에서 큰 패배를 당했다고 해도 수백의 고수와 방계의 중소문파들을 거느린 대문파였다.

그런 그들조차 흔적 없이 사라진 것은 강호에 큰 충격을 주는 일이었다.

더불어 세상에 천하삼분에 대한 소문이 떠돌았다.

여전히 가장 강력한 세력을 가지고 있는 구천맹과 그런 구천맹을 몰아붙이고 있는 마천, 그리고 대혈곡의 패배 이후 구천맹을 떠난 오죽노와 그를 따르는 무리, 이렇게 세 세력이 천하를 두고 다툴 것이란 예상이었다.

사실 오죽노가 천하삼분의 한자리를 차지할 거란 예상에 동의하는 사람이 처음에는 그리 많지 않았다.

그러나 비산문과 자부문이 강호에서 사라진 이후에는 그 가능성을 점치는 사람이 크게 늘었다. 왜냐하면 결국 비산문과 자부문은 오죽노에게 갔을 것이기 때문이었다.

오죽노가 비산문과 자부문을 품고, 더불어 그를 따르는 자들을 규합하면 능히 구천맹이나 마천을 상대로 일각을 이룰 것이기 때문이었다.

기이한 것은 그 큰 세력을 거두고도 오죽노와 그의 추종자들이 사람들의 눈에 보이지 않는 다는 것이었다.

보이지 않는 적은 두려운 법이다. 당연히 강호에선 오죽노의 다음 행보가 초미의 관심사로 떠올랐다.

그리고 그 즈음 궁비영과 송교연은 해산을 떠났다.

삐꺽삐꺽!

배는 장강을 따라 내려가고 있었다. 바다처럼 넓은 강 위에 십여 명을 태운 작은 돛단배는 가을 낙엽처럼 위태로워 보였다.

까악까악!

아침부터 까마귀 떼가 강변을 오르내렸다. 짙은 혈향이 코를 파고든다.

"승부가 났나요?"

문득 송교연이 물었다. 그러자 귀보전이 대답했다.

"방금 전 싸움이 끝났답니다."

"어찌 되었죠?"

"양패구상입니다."

"역시… 구천맹이 저력이 있군요."

"하지만 그렇다고 해도 결국엔 구천맹이 손해를 본 싸움입니다."

"어째서요?"

송교연이 귀보전을 바라봤다.

"이번 싸움에서 구천맹은 수룡채를 잃었습니다. 수룡채는 구천맹에 장강의 지배권을 보장해 주는 곳이었지요. 이제 마천은 장강을 따라 천하 어디라도 고수들을 보낼 수 있습니다. 반면 구파는 함부로 자파의 고수들을 움직일 수 없을 겁니다."

"그렇군요. 싸움은 승패가 없지만 정세에는 변화를 주는 결과군요."

"그래서 더욱 우리가 필요할 겁니다. 마천의 움직임을 유령문만큼 살펴줄 곳이 없을 테니까요."

"거래가 성사될 가능성이 크군요."

송교연이 고개를 끄떡였다. 그런데 그때 궁비영이 입을 열었다.

"문제는 과연 우리가 구천맹의 사람들을 제때 만날 수 있을 것인가일 겁니다."

"무슨 말이죠? 누가 방해라도 한단 뜻인가요?"

송교연이 물었다.

"오죽노가 구룡대산에 아무도 남기지 않았을 거라 생각하십니까?"

"음! 그렇군요. 그자라면 필시 자신의 사람을 남겨뒀겠군요."

"아마도 가장 깊숙한 곳에 자신의 사람을 남겨놓았을 겁니다. 구천맹에서 일어나는 모든 일을 알 수 있는 위치에 말이죠. 그럼 당연히 유령문과 구천맹 간의 거래에 대해서도 알고 있을 겁니다."

"그걸 미처 생각 못했네요. 문제는… 어느 쪽을 막느냐는 것인데……."

"구천맹 쪽이 아닐까요?"

이번에는 귀보전이 말했다.

"하긴 그렇군요. 본 문의 행보는 알지 못할 테니까요."

송교연이 대답했다. 그러자 궁비영이 다시 입을 열었다.

"혹은 두 마리 토끼를 모두 잡으려 할 수도 있지요."

"그러고 보니 마천을 움직일 수도 있겠군요."

송교연이 걱정스런 표정으로 말했다. 그러다가 궁비영을 보고는 빙긋 웃으며 말을 이었다.

"그래도 계명흑성께서 계시니 든든하군요."

혈향 가득한 강을 지나니 또다시 맑고 아름다운 강이 이어졌다.

일행은 이틀간 배를 타고 강을 따라 내려온 후, 금릉 근처에서 배를 내렸다.

그곳에서 약속한 곳까지는 대략 하루 거리다.

일행은 길을 놔두고 산길로 이동했다. 오죽노가 구천맹과 유령문의 회합을 알고 있을 테니 조심할 수 있으면 조심하는 게 좋다는 것이 그들의 생각이었다.

하루를 걸어 일행이 도착한 곳은 제법 산세가 험한 주악산이라는 곳이었다.

만남의 장소로 주악산을 택한 것은 의미가 있었다. 그곳이야말로 과거 마천을 상대하기 위해 구천맹과 유령문이 처음 회합을 가졌던 곳이기 때문이다.

물론 당시 그 회합을 주도한 사람은 오죽노였다.

사실 그래서 또한 주악산을 회합 장소로 택한 것은 위험한 일이기도 했다. 장소의 역사가 깊은 곳이니 사람들의 주목을 받을 수 있기 때문이었다.

그러나 유령문과 구천맹은 모두 등하불명이라는 옛말에 따라 주악산으로 회합의 장소를 정했다.

주악산, 유서 깊은 곳이기는 해도 궁비영은 처음 와보는 곳이다.

"사당은 허물어졌겠지요?"

문득 송교연이 물었다. 그러자 귀보전이 고개를 끄떡였다.

"벌써 십여 년이 지났으니……."

"그때만 해도 오늘 다시 이런 일이 벌어질 줄은 몰랐었죠."

송교연이 씁쓸하게 말했다.

"지금쯤이면 풍수 좋은 곳에서 즐겁게들 살 생각을 했었지요."

"호호, 당시 아버님은 아예 유령문의 새로운 이름 지을 생각이셨어요. 이것저것 생각하고 계셨지요."

"후… 오죽노 그자만 아니었다면……."

귀보전이 노기를 드러냈다.

그때 일행 앞에 다 허물어져 가는 사당 하나가 모습을 드러냈다. 지붕은 군데군데 구멍이 나 있었고, 벽도 허물어져 바람이 제멋대로 드나들었다.

사당 앞에는 본래 꽤 넓은 크기였을 공터가 마른 풀에 덮여 있었다. 아마도 여름에는 수풀이 무성했을 것이다.

스슥!

일행이 사당 앞에 머물기를 얼마, 홀연히 검은 무복의 사내가 장내에 모습을 드러냈다.

"오고 있습니다."

"얼마나 걸릴까요?"

"이각이면 도착합니다."

"남왕님도 함께인가요?"

"그렇습니다."

"좋아요. 그럼 유령사들의 위치를 정해주세요."

송교연이 시선을 돌려 귀보전에게 말했다.

"알겠습니다."

귀보전이 대답을 하고는 동행한 유령사들을 불러 모았다. 그러자 궁비영이 입을 열었다.

"그럼 저도 물러나 있겠습니다."

"함께 있어도 괜찮은데요."

"계명흑성도 흑성은 흑성이지요. 더군다나 구천맹에 계명흑성의 존재를 굳이 알릴 필요도 없고……."

"말하지 않으면 저들이 알 수 없지요."

"그렇겠지만… 그래도……."

"아는 사람이라도 볼까 그러나요?"

"어쩌면 그럴 수도 있습니다."

"알겠어요. 편한 대로 하세요. 대신 멀리 가진 마세요. 계명흑성이 있어야 제가 든든하니까요."

"이렇게 겁이 많은 분인 줄 몰랐군요."

"가만! 그러고 보니 지금 제가 엄살을 떨었군요."

송교연이 그러면서도 밝게 웃음을 짓는다.

"그럼… 조심하십시오."

궁비영이 고개를 숙여 보이고는 그 자리에서 사라졌다. 귀신 같은 신법이다. 송교연의 입에서 나직한 탄식이 흘러나온다.

"과연 계명흑성의 무공은 무섭구나!"

궁비영이 아늑한 자리를 찾아들었다. 겨우살이를 하는 곰 한 마리 들어갈 정도의 공간인데 몸을 숨기고 숨어 있기에 안성맞춤이었다.

사당도 한눈에 들어왔다. 사당 주변에서 어떤 일이 벌어지든 궁비영의 오감을 피할 수 없는 위치다.

곳곳에서 유령사들의 움직임이 느껴진다. 몸은 숨기고 있지만 이미 그들과 같은 뿌리의 무공을 수련한 궁비영의 눈은 피할 수 없었다.

잠시 후 저녁노을이 지는 길을 따라 일단의 무리가 모습을 드러냈다. 구천맹의 고수들이다.

궁비영이 안력을 높여 사당으로 접근하는 구천맹 고수들을 살폈다. 아는 얼굴이 눈에 들어온다.

'봉황문주 연청비군.'

아마도 구천맹의 주인 중 가장 알아보기 쉬운 사람이 봉황문주 연청비일 것이다. 유일한 여고수기 때문이다.

'그리고 그 옆의 사람은… 철웅기주 무악 관도. 그리고… 저런, 그도 왔군. 의윈데?'

궁비영이 고개를 갸웃했다. 일행 중에 북산도왕 척목아가 끼어 있었던 것이다.

당금 강호에서 그 위치가 가장 애매한 문파가 북산 제룡가였다. 전대 가주인 척담산이 죽은 이후 구파의 위치가 흔들리고 있는 그들이었다.

그런데 대혈곡의 패배에서 일정 부분의 책임까지 지게 된 제룡가여서 세간에는 그들이 오죽노에게로 갈 것이란 소문이 파다한 상태였다.

그런데 그 제룡가 출신의 무원고수 북산도왕 척목아가 일행에 끼어 있는 것이다.

'제룡가는 결코 구천맹을 떠나지 않겠다는 의미인가?'

그럴 수도 있었다. 그러나 또 다른 의미일 수도 있다. 오죽노가 구천맹에 남겨둔 것이 세작이 아니라 제룡가 그 자체일 수도 있었다.

쇠락하고 있다 해도 제룡가도 엄연한 구파의 일원, 그 가주에게는 구천맹에서 가장 은밀한 정보가 제공된다.

'여전히 복잡한 세상이군.'

궁비영이 혀를 찼다. 천하삼분이 가져온 강호는 오히려 그 이전보다 더 혼란스러운 것이다.

그때 사당에서 연청비 등을 기다리고 있던 송교연이 멀리까지 나와 연청비를 맞이하는 것이 보였다.

두 사람의 얼굴에 미소가 가득하다. 거래는 시작부터 성사가 전제되어 있는 것처럼 보였다.

유령문과 구천맹 양쪽 고수들이 잠시 서서 인사를 나눈 후 다 허물어진 사당으로 들어갔다.

그리고 잠시 후 사당 안에서 불빛이 흘러나왔다.

추위를 쫓기 위해 모닥불을 만든 모양인데 하늘로 뚫린 지붕과 숲을 향해 뚫린 벽을 통해 그 안의 빛이 환하게 흘러나왔다.

당연히 양쪽 사람들의 얼굴도 얼핏얼핏 드러나 보였는데, 여전히 밝은 표정을 짓고 있었다.

'강호에 영원한 적은 없다고 했던가? 본래 마곡산을 친 구천맹과 복수를 위해 구천맹의 고수들을 암살한 유령문이 다시 손을 잡기란 요원한 문제였는데 결국 서로의 이득을 위해 저렇게 웃으며 만나게 되는구나.'

궁비영이 씁쓸한 표정을 지으며 시선을 돌려 어두워지는 하늘을 바라봤다.

성미 급한 별 두어 개가 눈에 들어온다. 그리고 광활한 하늘도. 그런데 그때 문득 궁비영의 머릿속에 해산에서 헤어진 목불 살자이의 말이 떠올랐다.

"무량보는 머리가 아니라 몸으로 수련하는 것이라고 했네."

"누가 말입니까?"

"그야 당연히 신마 바탄 선사께서 하신 말씀이지."

"그게 무슨 뜻일까요?"

"음… 내 생각에는 너무 구결에 얽매지 말라는 말 같은데… 본래 어려운 문제일수록 해답은 단순하지 않은가? 그저 화두를 참구하듯 끈덕지게 붙들고 늘어지라는 말 같네만……."

"알 수 없군요."

"그러게 말이네. 더군다나 자넨 중이 아니니 간화선의 수렵법을 모를 테고……."

궁비영은 목불 살자이와 해산에서 무량보에 대해 긴 대화를 나눴었다. 무량보의 수련이 통 손에 잡히지 않기 때문이었다.

그러나 살자이 역시 큰 도움이 되지 못했다. 살자이가 무량보를 회수하기는 했지만 그 역시 무량보를 수련한 것은 아니기 때문이었다.

그러고 보면 신마 바탄의 환생자니 뭐니 하는 것도 사실은 그저 뜬구름 같은 이야기였다. 궁비영이 바탄의 환생이라면 무량보는 이미 그의 것이 되어 있어야 한다.

믿는 사람에겐 절대적인 교리이지만 믿지 않는 사람에게는 사람을 현혹하는 사술에 지나지 않는 이야기가 아닌가.

"어쨌든 너무 고민하지 말아야 하는 것은 확실해."

궁비영이 혼잣말을 중얼거리고는 편안히 앉아서 무량보의 구결을 떠올리기 시작했다.

서늘한 기운이 몸에 깃든다. 이 역시 다른 신공을 수련하는 것과 다른 점이다.

본래 신공이란 몸에 기력을 쌓는 것이고 기력을 쌓는다는 것은 곧 열기를 일으킴을 말한다.

양공이니 음공이니 말들을 하지만 몸의 힘은 결국 온기에서 나오는 것이 아니던가. 음공이라 한들 온기 중에 냉기가 흐르는 것일 뿐이다.

그런데 무량보의 기운은 달랐다. 무량보의 기운은 기운 자체가 없는 것 같이 서늘했다.

그러다가 상념이 일어나면 그 서늘함이 사라지고 화염 같은 뜨거움이 일어났다. 그러니 마공이란 이름을 붙여 이상할 것이 없는 신공이었다.

누가 보면 게으른 수련이라 할 수 있는 흐트러진 자세로 무량보를 참구하는 것도 지나친 긴장감을 풀기 위한 한 방편이었다.

그렇게 궁비영은 수련을 하는지 밤하늘을 구경하는지 모를 자세로 무량보 참구에 들어갔다.

한 손에 들어올 것 같은 밤하늘이다. 어느 순간에는 무량보의 구결을 잊고 하나에서 시작해 셀 수 없이 늘어난 별 구경에 정신이 빠져 버린 궁비영이었다.

무량보의 구결이 그의 머릿속에 남아 있는지조차 알 수 없었다. 서늘한 기운 역시 익숙해서인지 느껴지지 않은 지 오래다.

그런데 어느 순간 그 편안하고 아름답던 시간이 조금씩 방해를 받기 시작했다.

알 수 없던 기운들이 외부에서 느껴졌다.

내부에서 일어난 일이 아니니 그 자신의 문제가 아니다. 그 불쾌한 기운에 살짝 눈살을 찌푸리던 궁비영의 눈이 한순간 커졌다.

"내가 무슨 짓을!"

궁비영이 화들짝 놀라며 자신의 처지를 깨달았다. 송교연을 지키기 위해 이곳에 와 있는 그다. 그런데 그 사실은 잊고 무량보, 혹은 별 구경에 정신이 팔려 있었다.

무량보가 혼이라도 빼앗아 버린 걸까.

궁비영이 급히 시선을 사당으로 돌렸다. 그리고 금세 알아챘다. 그 불쾌한 외부 기운의 정체를.

'불청객이 왔군.'

어느새 검은 인영들이 사당을 향해 빠르게 접근하고 있었다. 거리는 대략 이백여 장. 조금 더 다가들어 백여 장 안쪽으로 들어오면 유령사들이 지키는 경계선 안이 된다.

"그런데 이상하군. 이 밤중에 이백 장 밖의 기척을 느끼고 그 사람이 보이다니……."

시력이 나쁜 편은 아니지만 그렇다고 밤중에 이백 장 밖의 사람을 구별할 정도는 아니다.

더군다나 보이는 것 말고도 불청객들의 기운 또한 자신도 모르게 느꼈다.

"이거… 정말 무서운 놈이군."

한편으로는 소름이 끼쳤다.

이 모든 것이 무량보 때문임을 부인할 수 없었다.

갑자기 좀 더 무량보에 빠져 있고 싶은 생각도 들었다. 그러나 지금은 그럴 시간이 없었다.

궁비영이 훌쩍 자리를 차고 일어났다. 그러고는 어둠 속으로 걸어 들어갔다.

유랑사들은 불청객들을 상대하지 않고 정연하게 뒤로 물러났다. 불청객들도 물러나는 유령사들을 서둘러 공격하지 않았다.

그들은 자신들의 전열을 흩트리고 싶지 않은 모습이었다.

나타난 자들은 얼추 보아도 오십이 넘어 보였다. 열씩 짝을 찌어 숲을 가로지르는 움직임이 하나같이 범상치 않다.

유령사들의 움직임은 사당 근처에서 흔적도 없이 사라졌다. 그러자 불청객들이 어떤 방해도 받지 않고 사당까지 빠르게 밀려 들어왔다.

사당 안에 있던 유령문과 구천맹의 고수들도 이미 밖으로 나와 있었다. 그중 대부분은 어둠 속으로 숨었고, 오직 구천맹의 북산도왕 척목아와 유령문의 동왕 귀보전 단둘이서 불청객들을 맞았다.

"웬 놈들이냐?"

북산도왕 척목아가 대도를 땅에 꽂으며 물었다. 그러자 불청객들 사이에서 초로의 노인이 앞으로 나섰다.

"그대는……!"

척목아가 놀란 표정을 짓는다.

"이상한 일이군."

노인이 고개를 갸웃하며 중얼거렸다.

"목왕께서 오실 줄은 몰랐구려. 그런데 뭐가 이상하단 것이오?"

"후후후, 이곳에 오면 유령문의 소문주와 봉황문의 문주를 만날 수 있다고 하니 어찌 오지 않을 수 있겠는가? 그런데…

그들은 어디 숨었지? 꼬리를 말 사람들은 아닌데……."

적월이 특유의 안광을 흘리며 주위를 돌아봤다. 척목아나 귀보전은 안중에도 없는 모습이다.

"고귀하신 분들이 어찌 천하의 마인과 마주하시겠소? 그런 일은 우리 같은 사람이나 하는 일이라오."

척목아가 적월을 조롱했다. 그러자 적월이 잠시 생각에 잠겼다가 입을 열었다.

"그 두 사람은 꼭 사로잡고 싶은데… 뭐 이렇게 되면 어쩔 수 없는 일이지. 모두 죽이는 수밖에."

"과연 그게 가능하겠소?"

척목아가 차갑게 물었다. 그러자 적월이 음산한 미소를 지으며 대답했다.

"믿을지 모르겠지만 지금 이 주악산을 중심으로 십 리 안에는 본 천의 천라지망이 펼쳐져 있다. 과연 너희가 빠져나갈 수 있을 것 같으냐?"

"후후후, 그걸 지금 믿으라고 하는 소리요? 이 회합이 논의된 것이 겨우 열흘 전. 그전에 알았다면 모를까, 우리의 행적을 추적해서 주악산의 위치를 알아낸 것이라면 절대 천라지망을 펼칠 수 없지."

척목아의 판단은 정확했다.

아무리 마천이 은밀히 움직였다고 해도 천라지망을 펼칠 만큼의 고수들을 단 며칠 사이에 움직이려면 구천맹의 눈을 벗어날 수 없었을 것이다. 그러니 천라지망은 허장성세라고 할 수 있었다.

그런데 적월의 입에서 예상외의 말이 흘러나온다.

"시간이 부족하기는 했지. 정확히 열흘밖에 시간이 없었으니까."

"……?"

척목아가 적월의 말을 선뜻 이해하지 못하고 그를 바라봤다. 그러자 적월이 한줄기 미소와 함께 대답했다.

"주왕산에서 유령문과 구천맹이 회합을 할 거란 사실을 우린 구천맹의 늙은이들이 이 일을 결정한 지 하루도 지나지 않아 알았거든!"

적월의 말에 척목아의 얼굴이 굳어졌다.

그 말이 사실이라면 구천맹 깊숙한 곳에 적의 간자가 있다는 의미다. 그것도 구룡대전에 접근할 수 있는 자, 아니, 그것보다 더 심각한 것은 정말 이 주악산 주변에 천라지망이 펼쳐져 있을지도 모른다는 것이었다.

"믿든 안 믿든 그건 그대들의 자유다. 그러나… 믿는 게 좋을 거야. 살아서 주악산을 벗어나려면 말이야. 쳐라!"

갑작스럽게 적월의 명이 떨어졌다.

그러자 마천의 마인들이 일제히 사당을 향해 뛰어들기 시작했다. 지금까지의 조심스런 행보와는 완전히 다른 모습이었다.

그리고 연이어 불화살 여러 대가 하늘로 솟구쳤다. 그러자 수백 장 떨어진 먼 숲에서도 줄지어 불화살이 솟아올랐다.

모든 일이 그렇듯이 작은 결정이 일의 향방을 완전히 바꿔놓았다.

모든 일은 예상되어 있었다. 만약 오죽노가 구천맹 깊숙한 곳에 자신의 사람을 남겨놓았다면 구천맹과 유령문의 회동은 숨길 수 없는 일이었다.

그건 모두가 예상한 일이다.

그리고 오죽노가 그 사실을 알게 된다면 이 회동을 방해하기 위해 술수를 부릴 거란 것도 예상하고 있었다.

그래서 유령문과 구천맹 모두 그에 대한 대비를 하고 있었다.

구천맹에서는 밖으로 드러난 사람들 외에 제법 많은 수의 고수가 은밀히 일행을 뒤따랐고, 유령문 역시 적지 않은 숫자의 유령사가 이 회합의 안전을 위해 동원되었다.

그런데 그 모든 예측과 준비는 한 치의 오차로 인해 틀어졌다.

오죽노는 예상보다 빨리, 그리고 예상보다 강하게 이 회합을 공격했던 것이다.

그 속도와 강도의 차이가 모든 준비를 물거품으로 만들었다.

적월이 말한 천라지망은 사실이었다.

마천은 사실 그들 스스로가 오죽노에 의해 움직였다는 사실조차도 알지 못했다.

그들에게 전해진 구천맹과 유령문이 회합 소식이 어디에서 전해진 것인지는 그리 중요하지 않았다.

단지 그 회합이 사실이라면 마천의 모든 전력을 동원해 막아야 한다는 것만이 그들이 당면한 문제였다.

유령문과 구천맹의 재결합은 그들에게 과거 천변의 뼈아픈 기억을 되살아나게 했다.

유령문은 구천맹이 가지지 못한 것. 그래서 마천이 항상 유리한 싸움을 이끌 수 있는 어둠의 힘을 가지고 있었다.

유령문의 힘이 구천맹을 돕는 순간 싸움은 결국 구천맹의 세력이 결과로 이어질 것이 분명했다.

그러니 회합의 성공은 마천에겐 생존을 위협하는 일이었던 것이다.

마천은 이 회합을 막기 위해 모든 것을 쏟아부어야 할 충분한 이유가 있었다. 그리고 마천은 정말 자신들의 모든 것을 쏟아부었다.

그리고 그 모든 일을 오죽노는 어딘가에서 미소를 띤 채 지켜보고 있을 것이다.

팟!

검이 움직이자 피가 솟구친다. 송교연을 공격하던 마천의 마인 한 명이 그대로 고꾸라졌다.

송교연의 옷은 피로 물들어 있었다. 벌써 몇 명째인가. 죽여도, 죽여도 끝없이 적이 몰려들고 있었다.

그녀의 안색은 어두웠다. 기억하려 하지 않아도 마곡산의 그 밤이 떠올랐다.

그때도 오죽노가 동원한 구천맹의 고수들이 이렇게 파도처럼 끝없이 밀려들었었다.

삭!

칼 한 자루가 그녀의 허리를 베어왔다. 그러자 송교연이 검을 휘둘러 상대의 칼을 막아내고는 왼손을 들어 장력을 내려쳤다.

팡!

"컥!"

송교연의 장력에 마천의 마인이 목숨을 잃고 쓰러졌다. 그러자 어둠 속에서 목왕 적월의 목소리가 흘러나왔다…….

"역시 유령문의 소문주답군. 그러나 여기까지가 그대의 한계다."

한순간 송교연 앞에 목왕 적월이 나타났다.

"오랜만이군요."

송교연이 잠시 숨을 돌리며 목왕을 응시했다. 그가 자신을 찾아냈다는 것이 의외기도 했다.

지금 유령사들은 뿔뿔이 흩어져 있었다. 보통의 문파라면 이런 경우 힘을 합쳐 포위를 뚫지만 유령문은 달랐다.

그들은 일단 위급한 상황이 되면 절대 한곳에 여러 사람이 모여 있지 않았다. 각 개인이 사방으로 흩어져 스스로 살길을 찾는 것이 그들의 방식이었다.

그들의 방식이 문도들에 대한 매정함 때문이 아니었다. 외려 유령사들은 동료에 대한 정이 다른 문파들에 비해 훨씬 강했다.

그럼에도 그들이 위기가 오면 흩어지는 것은 자신들의 장점을 최대한 활용하기 위해서였다.

유령사는 어둠 속에서, 혼자 있을 가장 강한 힘을 발휘한다. 유령문의 무공은 모두 그런 능력을 키우는 데 집중되어 있었다.

홀로 있을 때, 그들은 수많은 사람 속에서도 자유롭고, 밝은 대낮에도 어둠을 찾아 숨을 수 있었다.

그런 그들의 행보가 유령문을 숱한 위기 속에서도 오늘날까지 존재하게 만든 힘의 원천이었다.

그래서 오늘도 당연히 유령문의 문도들은 흩어졌다. 그건 소문주 송교연조차도 예외가 아니었다.

일단 위기가 되면 문주라도 홀로 자신의 안위를 구하는 것이 유령문의 전통이기 때문이었다.

그런데 지금 송교연에게는 그런 행보가 위기가 되고 있었다. 적월과 그의 심복들이 다른 사람들은 제쳐 두고 오직 송교연 한 명만을 추격하고 있기 때문이었다.

아무리 송교연이 유령문의 무공에 통달했다 해도 이런 식의 추격에선 쉽게 벗어날 수 없었다.

"그렇구려. 정말 오랜만이오. 반갑지 않겠지만! 후후, 내가 유령문의 속성을 좀 아오."

적월이 송교연을 보며 말했다.

"한때는 한배를 탄 사이였으니까요."

송교연이 대답했다. 대화가 길어지는 것은 도주에 유리하지 못하지만 그녀에겐 기력을 회복할 시간이 필요했다.

"그 어떤 포위도 유령사들을 모두 잡을 수는 없지. 아마도 오늘도 그럴 것이오. 구천맹의 종자들이야 거의 섬멸할 수 있겠지만 유령사들은 제법 많이 빠져나갈 거요. 그래서… 난 목표를 바꿨소. 바로 소문주 당신 하나만 잡자고 말이오."

"좋은 선택이군요."

"검을 버리고 항복하시오. 목숨은 보장해 줄 수 있소."

"내가 필요한 모양이군요."

"당연한 일 아니오? 야유사군을 굴복시키려면 당신이 필요하지. 유령문이 다시 마천에 들어온다면… 천하는 저절로 본천의 손에 굴러 들어올 테고."

"듣고 보니 제가 생각보다 훨씬 중요한 사람이었군요."

"하하하, 모든 사람이 알고 있는데 소문주 혼자 몰랐던 모양이구려. 귀한 사람은 귀한 대접을 받아야 하는 법이오. 검을 버리면 귀한 대접을 받을 수 있소."

목왕 적월이 손을 내밀며 말했다. 그러자 송교연이 차갑게 말했다.

"모든 것을 알고 계시면서 한 가지 사실은 모르시는군요."

"흠, 가르침을 주시오."

"본 문은 비록 그 사람이 저일지라도 문파의 안위를 문도의 생명과 바꾸지 않아요. 저를 잡아도 유령문을 얻을 수 없단 뜻이지요. 대신… 빚은 확실히 받아내지요. 그게 유령문의 법칙이에요."

"이곳에서 죽겠다는 말이구려."

"그게 유령문도의 숙명이지요."

"과연 유령문이오. 적이지만 존경하지 않을 수 없지. 과거 그렇게 서로 다른 길을 가지 않았으면 좋았을 텐데."

"그 또한 그대들이 약속을 어겼기 때문에 벌어진 일이지요."

"그러게 말이오. 원, 마두들만 모아놨더니 영 신의가 없어. 그런들 어찌하겠소. 세상을 지배하려면 이런저런 사람들이 다 필요한 것을. 어쨌든… 그럼 오늘은 소문주의 목으로 만족해야겠소."

적월이 천천히 검을 빼 든다. 그의 눈에 붉은빛이 일어났다. 목왕 적월의 눈은 그 어떤 병기보다 무섭다는 사실을 떠올리며 송교연이 대여섯 걸음 뒤로 물러났다.

그런데 그 순간 송교연의 좌우에서 불쑥 땅이 일어나더니 두 명의 암습자가 송교연의 옆구리를 찔러왔다.

"흡!"

송교연이 놀라 다급하게 허공으로 치솟았다. 그러자 이번에는 허공에서 암기 세례가 이어졌다.

송교연은 벗어날 수 없는 그물에 걸린 듯 보였다. 그런데 다음 순간 놀라운 일이 일어났다.

사방 어디로도 피할 수 없을 것 같던 송교연이 한순간 허공에서 자취를 감춰 버린 것이다.

송교연을 공격하던 마천의 마인들이 당황한 표정으로 주위를 살폈다. 그 순간 목왕 적월이 벼락처럼 검을 휘둘렀다.

콰앙!

적월의 검이 강력한 검기를 일으키며 두세 그루의 나무를 잘랐다.

"음!"

순간 나무들 사이에서 송교연의 나직한 신음성이 흘러나왔다. 그리고 연이어 목왕 적월을 향해 날카로운 비도가 날아들었다.

그 비도의 빠르기가 전광석화 같아서 적월이 미처 비도를 피하지 못하고 어깨 어림을 스쳤다.

팟!

목왕 적월의 어깨에서 붉은 피가 솟구쳤다.

순간 목왕 적월의 눈이 벌겋게 충혈되면서 그의 몸이 허공을 날았다.

"끝을 보마!"

목왕 적월의 검이 만들어낸 검기가 일 장 이상 커졌다. 그 검기가 베어진 나무들을 향해 떨어져 내렸다.

그러자 그 안에서 송교연이 치솟아 올라왔다. 그녀의 손에도 어느새 검이 들려 있었는데, 벽력같은 적월의 검초에 비하면 그녀의 검은 바늘처럼 가늘어 보였다.

대신 그녀의 검은 빨랐다. 눈에 보이지도 않을 속도다. 유령문의 비전절기 지옥수라는 초식이었다.

"음!"

적월은 감히 송교연의 검초를 무시하지 못했다. 그가 나직한 침음성을 흘리며 적을 베어가던 검을 횡으로 휘둘렀다.

창!

날카로운 충돌음이 일어나며 두 사람의 검이 서로 다른 방향으로 튕겨 나갔다.

한 번의 충돌에서 손해를 본 것은 아무래도 공력이 부족한 송교연인 듯싶었다.

그녀가 훌쩍 뒤로 물러나 자리를 잡았을 때 그녀의 신형이 미세하게 흔들렸다.

그런데 마천의 마인들은 그런 그녀의 허점을 놓치지 않았다.

송교연의 놀라운 신법으로 그녀를 놓쳤던 마천의 마인들이 다시 그녀를 공격하기 시작했다.

보통의 겨우 목왕 적월 정도의 고수라면 자신의 적을 수하들에게 맡기지 않는다.

그러나 오늘은 목왕 적월도 수하들을 만류하지 않았다. 누구보다 유령문의 무공을 잘 알고 있는 적월이기 때문이었다.

약세를 보이는 듯하면서도 한순간 놀라운 반전을 만들어내며 강자를 베는 것이 유령문의 무공이었다.

또한 조금의 틈만 보여도 귀신처럼 도주를 할 수 있는 자들이 유령문의 사람들이었다.

그러니 기회가 왔을 때 체면불구하고 합공을 해서라도 베어야 한다. 더군다나 상대가 유령문의 소문주라면 망설일 이유가 없었다.

지친 송교연이 다시 놀라운 신법을 발휘해 마천의 마인들을 상대하기 시작했다.

그러나 이제 송교연은 지금까지처럼 그림자만 남기고 사라질 수 없었다. 소모된 공력으로 인해 유령문의 절기 유령보를 완벽하게 펼칠 수 없었기 때문이었다.

그리고 그 약점은 송교연을 위기로 몰아넣었다.

사삭!

옷이 검에 베이고, 암기들이 그녀의 몸에 상흔을 만들어냈다.

더욱 큰 문제는 시간이 지날수록 그녀의 움직임이 둔해지고 있다는 것이었다.

그리하여 그녀의 움직임이 눈에 잡히기 시작하자 다시 목왕 적월이 검을 들었다.

"이제말로 사냥을 끝낼 때군. 아마도 이 주악산에서 나 적월의 수확이 가장 가치 있을 것이다."

목왕 적월이 천천히 송교연을 향해 다가갔다. 그러자 송교연을 공격하던 마인들이 그녀의 움직임만 제어할 뿐 더 이상 그녀를 공격하지 않았다.

그들도 최후의 일검은 목왕의 몫이라는 것을 알고 있었다. 물론 유령문의 소문주 송교연을 벤 명예도 목왕 적월의 몫이 될 것이다.

목왕 적월이 송교연을 향해 달려들었다. 그의 검에서 차가운 검기가 뻗어나갔다.

더불어 적월의 눈이 붉게 변했다.

송교연이 몸을 사선으로 세웠다. 그녀의 시선은 닥쳐오는 적월의 심장을 응시했다.

송교연은 이미 죽음을 각오하고 있었다. 하지만 혼자 죽을 생각은 없었다.

유령문이 자랑하는 초식 지옥수라면 능히 동패구사할 자신이 있었다. 단 한 가지 조건은 목왕의 눈을 보지 않는 것이었다.

송교연이 검을 가슴 앞에 들어 올렸다. 그리고 적의 심장에서 시선을 내려 적의 발을 보았다.

발의 움직임에서 적월의 모든 움직임을 얼추 읽을 수 있었다. 다가오는 방향과 속도, 그리고 세기까지.

한순간 송교연은 완벽한 기회를 포착했다.

그녀는 망설이지 않고 검을 앞으로 내찔렀다. 그러면서도 한순간 궁도요의 얼굴이 떠올랐다. 간절히 원했던 행복은 길게 이어지지 않았다. 오늘 죽으면 아마도 다신 궁도요의 얼굴을 보지 못할 것이다.

상념도 잠시, 송교연이 이를 악물었다. 자신의 모든 것을 쏟아부어야 하는 일초였다.

팟!

송교연의 검이 공간을 격하고 적월의 가슴을 찔렀다. 그녀의 입술이 자신의 이빨에 깨물려 붉게 물들었다.

그런데 그녀에게 당황스런 일이 일어났다.

십 할의 확신을 하고 뻗어낸 그녀의 검에 아무런 느낌이 오지 않았던 것이다.

팟!

검이 애꿎게 허공을 가르는 소리가 들렸다.

그러고 보니 적월의 발 움직임 역시 이상했다. 그의 발은 그녀가 예상했던 경로로부터 훨씬 좌측으로 벗어나 있었다. 그리고 뒤이어 적월의 신음 소리가 들렸다.

"음……!"

송교연은 적월의 신음 소리에 자신에게 다시 한 번 도주할 기회가 주어졌다는 것을 깨달았다.

송교연이 재빨리 허공에서 몸을 비틀었다. 그녀의 몸이 기이한 방향으로 꺾이며 마천의 마인들로부터 공간을 확보했다.

그런데 그녀가 적으로부터 거리를 벌린 후 재차 적의 공격에 대비하려고 시선을 들었을 때 그녀의 눈에 생각지 못한 광경이 들어왔다.

"너… 너… 는?"

놀랍게도 목왕 적월이 죽어가고 있었다.

그의 가슴에는 한 자루 비도가 박혀 있었다. 마천의 마인들은 믿을 수 없는 사실에 놀라 얼음처럼 굳어 있었다.

"한 번쯤은 마천육마를 상대해 보고 싶었지. 그런데… 기대 이하군."

검은 인영이 나직하게 중얼거리며 가볍게 손을 휘저었다. 그러자 목월의 가슴에 꽂혀 있던 비도가 쑥 뽑혀 나와 그의 손으로 들어갔다.

파악!

비도가 뽑힌 적월의 가슴에서 피분수가 솟았다.

"누… 구냐?"

적월이 죽어가며 물었다. 그러자 비도를 주섬주섬 챙기던 자가 나직하게 대답했다.

"흑성!"

"흑… 성? 구… 천… 맹의?"

"아니, 유령문의!"

쿵!

적월은 미처 사내의 대답을 모두 듣지 못하고 땅에 쓰러졌다. 그러자 사내가 신형을 돌려 송교연을 보며 물었다.

"괜찮습니까?"

"아……!"

송교연이 나직하게 탄성을 흘렸다. 그녀 앞에 궁비영이 서 있었다.

"아버지를 제게 맡기시면 안 되죠. 아주 귀찮은 분이거든요. 더군다나 늙으면 더 봉양하기 힘들지요. 그러니 이제부터 아버지는 소문주님의 책임이십니다."

궁비영이 빙그레 미소를 지으며 말했다.

제8장

재회

왜 계명흑성인가.

차가운 검이 하늘을 수놓았다. 아름다운 검무지만 결코 따뜻하게 느껴지지 않는다.

당연한 일이다. 그 검무가 계명흑성의 검무기 때문이었다. 화선무란 이름이 무색할 정도로 차가운 춤사위다.

화선무란 이름은 검이 지난 길에 혈화가 피어오르기에 만들어진 이름일지도 모른다고 송교연은 생각했다. 그리고 문득 걱정이 생겼다.

"저 아이가 과연 온전할까?"

송교연이 자신의 앞에서 길을 열고 있는 궁비영을 보며 중얼거렸다.

궁비영 앞에 적은 없었다. 오직 그의 검무만이 있을 뿐이었다.

그의 검이 향하는 곳에선 자연스레 길이 만들어졌다. 그것도 얼핏 보면 꽃길이다. 그러나 그 꽃은 피로 만든 것이었다.

송교연은 유령문의 소문주지만 계명흑성의 무공인 화선무는 처음 보는 것이었다.

당연한 일이다. 화선무야말로 화인 노송이 오직 계명흑성에게만 전하라는 유언을 남긴 무공이기 때문이다.

지금까지 유령문에는 계명흑성이 탄생하지 않았었다. 궁비영이 최초의 계명흑성이다. 그러니 당연히 그의 무공 화선무 역시 세상에 처음으로 모습을 드러내는 것이다.

송교연은 검 한 번 제대로 휘두르지 않았다. 그저 걸리적거리는 나무들이나 쳐내면 그뿐이었다.

그럼에도 송교연의 숨이 찼다. 적을 뚫어내는 궁비영의 속도가 빠른 것도 있었지만 궁비영의 무공에 숨이 막히기 때문이었다.

그리고 저토록 차가운 살기를 지닌 무공을 시전하는 궁비영이 걱정됐다.

무공은 결국 그 주인의 심성에 어떤 식으로든 영향을 미친다.

수십 년 한 가지 무공을 사용한 자의 심성은 그 무공에 물들어 마인이 되기도 하고, 의협이 되기도 하고, 도인이 되기도 한다.

그렇다면 화선무를 사용하는 궁비영의 끝도 짐작할 수 있다. 궁도요의 여인으로서 송교연은 궁비영이 걱정되지 않을 수 없었다.

"실수한 것일지도……."

오늘 당장 궁비영의 화선무로 인해 목숨을 구했으면서도 송교연은 궁비영을 계명흑성으로 만든 것을 처음으로 후회했다.

더할 나위 없이 완벽한 계명흑성이지만, 그 불행한 끝이 눈에 보이는 것 같기 때문이었다.

"방법을 찾아야겠어."

송교연이 중얼거리는 순간 시야가 열렸다. 드디어 궁비영이 주악산을 벗어나고 있었다.

작은 계곡이 눈앞에 들어왔다. 서너 명의 마천 고수가 마지막 포위망을 형성하고 있었다.

그들을 향해 궁비영이 뛰어들었다.

스스슥!

궁비영의 신형이 마천의 마인들 사이에서 춤추듯 움직였다. 순간 다시금 혈화가 피어올랐다.

검의 속도를 눈으로 따라잡을 수 없었다. 오직 검이 지나간 자리에 생겨나는 혈화로 검의 움직임을 추측할 뿐이었다.

"헉!"

마천의 마인 중 세 명이 쓰러지고 한 명이 살아남았다. 살아남은 자가 두려움에 떨며 뒤로 물러났다. 궁비영은 굳이 물러나는 자에게까지 손을 쓰지는 않았다.

길은 열렸다. 더 이상 피는 필요없었다.

궁비영이 계곡 앞에서 송교연을 기다렸다.

송교연이 궁비영을 향해 다가왔다. 그러고는 그를 보면서 걱정스럽게 물었다.

"괜찮나요?"

그러자 궁비영이 슬쩍 눈살을 찌푸렸다.

"그럴 리가 있겠습니까."

"나쁘지 않군요."

송교연이 오히려 궁비영의 탐탁지 않은 대답에 반색했다.

"무슨 말씀이십니까?"

"걱정했어요. 소협이 정말 아무렇지도 않을까 봐."

"그 말은… 제가 계명흑성의 무공, 이 화선무의 기운에 동화될 것을 걱정하셨다는 거군요. 완벽한 살인자로 변할까 봐."

"그래요. 오면서 내내 그걸 걱정했어요."

"유령문의 계명흑성으로서는 원하는 바가 아니었던가요?"

궁비영이 물었다. 그러자 송교연이 아픈 표정을 지으며 대답했다.

"유령문의 계명흑성으로서는 모르겠고… 그분의 아들로서는 그리되지 않길 바라요."

송교연의 대답에 궁비영이 천천히 고개를 끄떡였다. 그러고는 신중하게 말했다.

"확실히 무서운 무공은 맞습니다. 그런데… 너무 걱정하지 마십시오."

"자신있나요? 화선문의 기운이 동화되지 않을……."

"화인 노송 조사도 극복했으니 저도 할 수 있겠지요."

"그러나 그분은……."

화인 노송과 궁비영을 어찌 비교할까. 궁비영의 재능이 비록 계명흑성이 될 정도로 뛰어나지만 화인 노송은 무의 대종사라 불릴 수 있는 인물이다. 궁비영을 그에 견주는 것은 무모한 일이었다.

송교연이 마음을 궁비영이 모를 리 없다.

"아직은 아니지만 언젠가는 그분의 경지에 이를 수 있을지 누가 알겠습니까?"

"자신있나요?"

"좋은 기회가 제게 있으니까요."

"어떤……?"

"그건 비밀입니다."

궁비영이 가볍게 미소를 지었다. 송교연이 궁금해하면서도 더 이상 질문을 하지 않았다.

"알겠어요. 부디 생각대로 이뤄지길 바라요. 이젠 가요."

송교연이 궁비영에게 믿음을 보여줬다. 그러자 궁비영이 그들이 지나온 길을 돌아보며 말했다.

"다른 사람들은 괜찮을까요?"

"적월이 수하들을 이끌고 제게 왔으니 다른 쪽은 생각보다 수월했을 거예요. 문제는 봉황문주인데……."

송교연이 말꼬리를 흐렸다.

송교연에게 적월이 왔다면 봉황문주 연청비에게도 그만한 자가 갔을 것이다.

"오늘 일로 구천맹과의 거래는 틀어진 겁니까?"

"그렇지 않아요. 이미 거래는 성사됐어요."

"어떻게……?"

"조만간 구룡대산으로 갈 거예요."

"그건……!"

궁비영이 걱정스런 표정으로 송교연을 바라봤다.

"그 정도 위험은 감수해야지요. 아무튼… 구룡대산에 우리의 거처까지 마련했지요."

"……?"

"청빈각을 쓰기로 했어요."

"아!"

궁비영이 다시 놀란다.

청빈각이라면 오죽노 혜간이 쓰던 장원이다. 그곳을 유령문에게 내어준다는 것은 구파의 수장들이 구룡대산에서 오죽노의 그림자를 완전히 걷어내려 한다는 것을 의미한다.

"그들을 믿습니까?"

궁비영이 물었다. 궁비영의 생각에 구파의 수장은 신뢰할 수 없는 자들이다.

"믿지 않아요. 단지 그들의 자존심은 믿어요."

"무슨 말씀인지 모르겠군요."

"청빈각을 유령문에 내어준다는 것은 세상에 구천맹이 유령문과 손을 잡았다는 것을 증명하는 것과 같아요. 드러난 맹약은 깨기 어렵지요. 특히나 구파의 입장에서는… 과거 우리가 배신당한 것은 우리의 존재가 구천맹의 뒤, 어둠 속에 있었기 때문이에요."

송교연의 말에 궁비영이 고개를 끄떡였다. 일리 있는 말이다. 그러나 여전히 위험하다.

"너무 걱정 말아요. 모든 게 계획대로 되고 있으니까."

송교연이 궁비영을 안심시켰다.

"먼저 해산으로 돌아가시렵니까?"

궁비영이 물었다.

"일단 그래야죠. 그런데… 정말 걱정이군요. 이 약속이 완벽해지기 위해선 반드시 봉황문주가 살아 있어야 하는데……."

송교연이 다시 주악산을 바라보며 중얼거렸다. 아마 구천맹은 유령문과는 다른 방법을 택했을 것이다.

유령문은 각자 흩어져서 포위망을 뚫었지만 구천맹도들은 하나로 뭉쳐서 적의 포위를 뚫고 있을 것이다.

이런 경우에는 승패가 명확해진다. 전멸의 위험성도 존재한다. 그나마 다행인 것은 적월이 궁비영 손에 죽었다는 것. 적월의 죽음이 알려지면 주악산에 펼쳐진 마천의 천라지망도 흔들릴 수밖에 없을 것이다.

그러나 그럼에도 걱정이 되는 것은 마찬가지였다. 구천맹도들은 유령사가 아니었다.

"제가 가보지요."

궁비영이 말했다.

"아뇨. 그런 뜻으로 한 말이 아니에요."

송교연이 당황한 표정으로 말했다. 마치 그녀가 궁비영을 다시 위험 속으로 밀어 넣는 느낌이 들었기 때문이다.

"위험할 것도 없는 일입니다."

"하지만……."

"유령문의 계명흑성을 너무 무시하는군요."

"그럴 리가요."

"저들의 천라지망이 아무리 촘촘해도 저에게는 바람 앞에 그물일 뿐입니다. 해산에서 뵙지요. 서둘러 떠나십시오."

궁비영이 송교연에게 가볍게 머리를 숙여 보이고는 다시 그가 달려 나온 숲을 향해 뛰어 들어갔다.

"내가 지금 무슨 짓을 한 거지?"

송교연이 낭패한 얼굴로 중얼거렸다.

"무슨 일이 생긴다면 난 다신 그이의 얼굴을 보지 못할 거야."

송교연이 두려운 빛으로 궁비영이 들어간 숲을 바라봤다.

* * *

차차창!

어지러운 병기의 충돌음이 숲을 가득 채웠다. 그때마다 단

말마의 비명이 터져 나왔다.

싸움은 장강의 지류 근처에서 치열하게 벌어지고 있었다. 멀리 강 위에 한 척의 배가 떠 있었다.

배는 몇 차례 접안을 시도했지만 결국에는 강변으로 다가오지 못하고 있었다. 구천맹의 배다.

배에 탈 수 있다면 마천의 천라지망을 뚫을 수 있는 위치지만 마천이 강변에 세워둔 포위망은 너무 견고했다.

"이대로는 포위망을 뚫기 어렵습니다."

문득 온몸에 피 칠을 한 이월풍이 다가와 봉황문주 연청비에게 말했다. 이월풍은 연청비의 오랜 가신 중 한 명이다.

"그래도 적의 기세가 조금은 누그러진 듯하군."

"그렇긴 합니다. 더 이상 놈들의 지원군이 오지 않고 있습니다."

"유령문이 제법 버텨주는 모양이야."

"그런 듯합니다."

이월풍이 대답했다.

"그럼 시간은 우리 편일세. 날이 밝으면 마천의 무리는 물러갈 수밖에 없어."

"하지만 저자가 과연 그때까지 기다려 줄지 모르겠습니다."

이월풍이 강변과 이어진 비탈에 서서 전장을 내려다보고 있는 한 사람을 가리켰다.

마불 구르간, 누구라도 두려워하지 않을 수 없는 사람이다. 그는 아직 전장에 뛰어들지 않고 있었다.

"목숨을 걸고 겨뤄보는 수밖에."

연청비가 투기를 일으키며 대답했다. 그녀 역시 구파의 수장, 싸움에 임해 뒤로 물러날 사람이 아니었다.

"배에 있는 사람들을 움직이는 것은 어떻겠습니까?"

"그들을? …위험한 일이네. 배가 당하면 퇴로가 없어."

"배는 놓아두고 사람들만 움직이면 됩니다."

"가능할까?"

"흑성들이 있지 않습니까?"

"그렇긴 하지만 너무 위험해서……."

연청비가 고개를 저었다.

"이런 일을 위해 준비된 흑성이 아닙니까? 지금은 그들을 써야 할 때입니다. 저자가 움직이기 전에 말입니다."

이월풍이 다시 마불 구르간을 바라봤다. 그러자 연청비가 어쩔 수 없다는 듯 고개를 끄떡였다.

"알겠네. 그럼 배에 신호를 보내게. 길이 뚫리면 배로 갈 준비들을 하고. 얼마간의 희생은 감수하세."

"예, 문주!"

이월풍이 고개를 숙여 보이고는 연청비 곁을 떠났다. 그러자 연청비가 검을 고쳐들며 중얼거렸다.

"나도 좀 더 힘을 내야겠군. 혼란스러울수록 흑성들이 활동하기 좋을 테니까."

연청비가 몸을 날려 강변을 막아선 마천의 마인들 사이로 뛰어들었다.

"이건 죽으란 소리군."

배의 후미을 타고 내려와 강물에 들어가며 금패의 흑성 풍기욱이 중얼거렸다.

백문 출신의 풍기욱은 제법 오래된 흑성 생활에 지친 듯도 보였다.

"흑성의 운명 아니겠소."

봉황문 출신의 흑성 군상화가 대답했다.

"그래도 이건 너무 지나친 요구 아니오?"

어느새 배에서 내린 십여 명의 흑성이 얼굴만 물 위에 내놓고 배 옆으로 움직이기 시작했다.

"그런들 어쩌겠소? 갑시다."

가장 앞에 나와 있던 종풍이 차가운 음성으로 말했다. 제룡가의 쇠락 이후 종풍은 한결 신경이 날카로워져 있었다.

"당 여협은 어찌 생각하시오?"

은패 흑성의 말 따위 자신의 관심사가 아니라는 듯 풍기욱이 침묵을 지키고 있던 한 여인에게 물었다.

당목이다. 당목 역시 일행에 포함되어 있었던 것이다.

"명이니 따를밖에. 다른 수가 있겠소?"

당목이 싸늘하게 말했다.

"뭐 그렇긴 하지요."

풍기욱이 뻘줌한 표정으로 대답했다.

사실 풍기욱은 오래전부터 당목에게 마음을 두고 있었다.

그녀가 당가의 가주 당황의 혈육이란 것을 안 이후로는 더욱 당목에게 친근하게 구는 풍기욱이었다.

그러나 당목은 언제나 풍기욱에게 차가운 칼 같은 존재였다. 한 치의 틈도 풍기욱에게 허용치 않는 당목이었다.

"여기부터는 물속으로 이동합시다."

문득 선두에 서 있던 종풍이 뒤를 돌아보며 말했다. 강변과 이십여 장 거리를 남겨둔 시점이었다.

종풍의 말에 흑성들이 고개를 끄떡이고는 품속에서 작은 갈대 대롱을 꺼내 입에 물었다.

꾸르륵!

작은 포말들이 일어나며 흑성들이 물속으로 들어갔다. 수면에는 갈대 대롱의 끝만 남았다.

그리고 잠시 후 그 대롱들이 강변을 향해 이동하기 시작했다.

"곧 동이 틀 것 같습니다."

팔짱을 끼고 전장을 내려다보고 있던 마불 구르간에게 그의 수하 추와산이 다가와 말한다.

추와산은 마불 구르간이 서장을 떠나 마천에 들 때부터 그를 따르고 있는 자다.

"목왕의 소식은?"

"여전히 없습니다."

"뭐하는 자인가, 도대체가!"

"어찌할까요?"

"반 시진 더 기다린다."

"알겠습니다."

"강변을 철저히 막아. 배에 타는 것은 막아야 한다."

"알겠습니다."

"그리고 우술더러 목왕에게 가보라고 해."

"예, 주군!"

추와산이 고개를 숙여 보이고는 급히 자리를 떠났다. 그러자 마불 구르간이 전장을 보며 중얼거렸다.

"이상하지. 싸움은 유리한데 뭔가 불안해… 음!"

파파팟!

한순간 강변에 인접한 물속에서 암기들이 쏟아져 나왔다.

"크!"

"욱!"

갑작스런 암기 공격에 마천의 마인들이 속절없이 쓰러져 갔다. 그러자 바위처럼 단단하던 마천의 방어벽에 틈이 생겼다.

"하앗!"

고수는 빈틈을 놓치지 않는다.

북천도왕 척목아가 적 사이에 만들어진 빈틈을 노리고 도를 휘둘렀다. 광풍 같은 도풍이 강변을 휩쓸었다. 척목아를 막아선 마인들이 추풍낙엽처럼 쓰러졌다.

북산 제룡가에서 가주를 능가하는 무공을 지녔다고 알려진 척목아의 도법은 그 명성을 부끄럽게 하지 않았다.

한순간 길이 났다. 그러자 그 안쪽으로 봉황문주 연청비와 구천맹의 고수들이 달려들었다.

순식간에 길이 단단해졌다. 이제 반대로 마천의 마인들이 구천맹 고수들을 강 바깥쪽에서 공격하는 형세가 됐다.

"배를!"

연청비가 급히 명을 내렸다. 그러자 누군가가 배 쪽을 향해 신호를 보냈다. 강 중간에 서 있던 구천맹의 배가 신호를 받자 빠르게 강변을 향해 다가오기 시작했다.

그런데 그때였다. 갑자기 북쪽 강변이 소란스러워졌다. 마천의 마인들이 파도 갈리듯 좌우로 갈라졌다. 그렇게 만들어진 길을 따라 마불 구르간이 사자처럼 달려 나왔다.

"마불! 구르간! 그대는 내 몫이다!"

북산도왕 척목아가 마불 구르간의 앞을 막아섰다.

"감히 너 따위가 날 막을 수 있을 것 같으냐?"

마불 구르간이 두 손을 휘저으며 척목아를 육박했다. 그러자 그의 손에서 강력한 장력이 터져 나와 북산도왕을 들이쳤다.

쿵쿵!

북산도왕이 검을 들어 구르간의 장력을 막아내자 무거운 충돌음이 일어났다.

북산도왕이 대여섯 걸음 뒤로 밀려났다. 아무리 북산도왕이라해도 마천육마의 일인, 그중에서도 공력으로는 육마 중 제

일이라는 구르간의 장력을 정면으로 막기는 무리였던 모양이었다.

그러나 그렇다고 북산도왕이 패한 것은 아니었다. 북산도왕이 뒤로 물러남과 동시에 몸을 팽이처럼 회전시켰다. 그러자 그의 도에 다시 힘이 깃들었다.

"마두! 죽어랏!"

척목아가 구르간을 향해 전력을 다해 도초를 펼쳤다. 그의 도가 뿌연 잔영을 남기며 엄청난 도풍을 일으켰다.

구르간이 감히 척목아의 공격을 무시하지 못하고 신중하게 두 손을 들어 올렸다. 그의 두 손에 붉은 기운이 감돈다. 그가 자랑하는 천불마장이다.

쐐애액!

척목아의 도가 구르간의 이마로 떨어져 내렸다. 순간 구르간이 두 손을 합장하듯 가운데로 모았다.

콰릉!

구르간의 두 손이 마주치는 순간 벼락같은 굉음이 터져 나왔다. 구르간이 이번에는 두 손을 앞으로 펼쳤다.

순간 그의 두 손 사이에 뭉쳐 있던 붉은 기운이 폭포수처럼 뻗어 나와 척목아의 도풍과 격돌했다.

콰릉!

다시 한 번 벼락 치듯 충돌음이 일어났다. 그리고 다음 순간 구르간과 척목아가 거의 동시에 삼사 장 뒤로 물러났다.

"도왕!"

어느새 다가든 봉황문주 연청비가 비틀거리는 척목아를 부축했다.

"서두시오. 더 이상은 저자를 막을 수 없소."

척목아가 비틀거리면서 급히 말했다. 연청비도 시간이 없다는 것을 깨달았다. 마침 배도 강변에서 십여 장 앞으로 다가와 있었다.

"승선하라. 흑성은 뒤를 맡는다!"

짧은 명령이 떨어졌다. 그러자 구천맹의 고수들이 강물로 뛰어들었다. 모두 무공이 출중한 자들이었기에 물 위에서도 땅처럼 빠르게 움직였다.

무공이 뛰어난 자들은 두어 번의 도약으로 배에 이른 자도 있었다. 연청비도 서둘러 척목아를 부축해 강으로 들어섰다.

그런데 그때였다.

웅웅웅!

갑자기 괴이한 파공음이 연청비의 등 뒤에서 일어났다. 한순간 연청비가 위기를 느끼고는 급히 몸을 틀었다.

퍽!

"컥!"

묵직한 타격음과 함께 연청비가 부축하던 척목아의 입에서 격한 신음성이 흘러나왔다.

"도왕!"

연청비가 얼른 북산도왕 척목아를 살폈다. 그러나 이미 척목아의 숨은 끊어져 있었다. 그런 그의 등에 커다란 괴도가 박혀 있다.

연청비가 고개를 돌렸다. 그러자 멀리서 다시 자신을 향해 도를 던지려는 마불 구르간의 모습이 보였다.

"이 악독한……!"

연청비가 이를 갈았다.

"역시 여인넨가? 전장에서 죽음은 숨 쉬는 것과 마찬가진데 악독하다니. 더군다나 지금까지 그대의 손에 죽은 마천의 형제도 한둘이 아니거늘!"

웅!

한순간 한 자루 도가 구르간의 손을 떠났다. 구르간의 손을 떠난 괴도가 허공에서 기이한 곡선을 그리며 연청비를 향해 날아들었다.

연청비가 얼른 검을 들어 구르간이 날려 보낸 도를 쳐냈다. 사실 구르간이 날리는 도는 피하거나 막기에 그리 어려운 것이 아니었다.

비도도 아니고 그렇다고 그가 어도술을 쓰는 것도 아니었다. 단지 구르간은 수하의 도를 빼앗아 마치 장력을 날리듯 도를 던지고 있는 것이었다.

그러니 연청비 같은 고수들이 제대로 대응한다면 구르간이 날리는 도는 그리 위협적이 아니었다.

단지 그 방법이 등을 돌리고 있던 지친 척목아에게는 효과가 있었을 뿐이었다.

"다음에 만나면 내가 반드시 네 목을 베어주겠다."

연청비는 현명한 인물이다. 그녀는 물러날 때와 싸워야 할 때를 정확히 알고 있었다.

연청비가 뒤를 경계하며 강으로 들어섰다. 그러자 그녀 뒤를 물속에 서 있던 흑성들이 장벽처럼 가로막았다.

"흑성들은 배가 움직일 때 승선하라!"

연청비가 명을 내리고는 훌쩍 몸을 날렸다. 그녀의 신형이 새처럼 허공을 날아 배 위에 내려섰다.

그 순간 다시 매서운 마천의 공격이 시작됐다.

흑성들은 일자로 늘어서서 암기를 던지며 마천의 추격들에 대항하기 시작했다.

쐐애액!

흑성들이 쏟아내는 암기가 바람에 날리는 빗줄기 같다. 그 기세에 마천의 마인들이 감히 강으로 뛰어들지 못했다.

이제 구천맹의 맹도들은 거의 배에 오른 상태였다. 한순간만 버티면 이 싸움도 끝이다.

흑성들의 손이 좀 더 맹렬해졌다.

파파팟!

날카로운 암기들이 연이어 마천 마인들을 파고들었다.

"악!"

마인들 사이에서 비명이 터져 나온다. 금패의 흑성이 다수 포함된 구천맹 흑성들의 공격은 날카롭기 이를 데 없었다.

마천의 마인들이 전진을 하지 못하자 마불 구르간의 눈썹이

꿈틀거렸다.

"비켜라!"

마불 구르간이 훌쩍 몸을 날려 강변으로 다가섰다. 그러자 마천의 마인들이 서둘러 길을 만들었다.

구르간이 강변으로 다가서며 수하들의 도를 빼앗아 양손에 들었다. 그러고는 별다른 말도 없이 강물 속에 서 있는 흑성들을 향해 양손에 든 도를 던졌다.

웅웅웅.

다시 벌 떼 나는 소리와 같은 파공음이 일어났다. 천 근의 힘을 담은 두 개의 도가 그대로 흑성들 사이를 파고들었다.

"웃!"

"헉!"

두 마디 신음성이 흘러나오면서 흑성들이 좌우로 흩어졌다.

파앙!

흑성들을 지나친 도가 강물에 격중되자 삼사 장의 물기둥이 솟구쳐 올랐다. 놀라운 구르간의 공력이다.

"쳐라!"

한순간 전열이 흐트러진 흑성들을 향해 구르간이 공격을 명령했다.

그러자 마천의 마인들이 질풍처럼 물에 뛰어들기 시작했다.

파팟!

그 와중에 일찍 정신을 차린 흑성 몇이 다시 암기를 던졌으나, 그 위력이 진세를 형성하고 던지던 앞서의 암기들에 비할 바가 아니다.

"죽어랏!"

마천의 마인 서넛이 미처 신형을 바로 세우지 못한 종풍을 향해 달려들었다.

종풍이 황급히 물을 박차고 허공으로 날아올랐다. 월천보다.

한순간에 종풍이 마인들의 공격에서 벗어나는 듯 보였다. 그런데 그 순간 다시 그의 전면에서 벌 떼 우는 소리가 들리더니 한 자루 괴도가 그의 가슴을 파고들었다.

퍽!

"악!"

종풍의 입에서 처절한 비명 소리가 터져 나왔다. 괴도에 꽂힌 그의 몸이 그대로 물속에 처박혔다.

궁비영과 함께 북산을 떠나 무명도에 들었던 종풍은 그렇게 허무하게 주악산에서 목숨을 잃었다.

일단 종풍이 죽자 구천맹 흑성들의 방어막은 완전히 무너졌다. 다행이라면 구천맹의 고수들을 태운 배가 방향을 틀어 강의 중심을 향해 나가기 시작했다는 것이다.

"물러나라!"

멀리서 연청비의 목소리가 들렸다. 그러자 흑성들이 배를 향해 물러나기 시작했다.

"너희는 갈 수 없다!"

한순간 마불 구르간이 신형을 날렸다. 그의 몸이 단번에 허공을 날아 흑성들과 구천맹의 배 사이에 떨어져 내렸다.

우웅!

마불 구르간이 강물에 내려서자마자 두 손을 맹렬하게 휘둘렀다. 그러자 그의 장력의 의해 일어난 물기둥들이 흑성들을 덮쳤다.

"흡!"

"읍!"

갑작스런 물세례에 흑성들이 시야를 확보하지 못하고 다급한 소리를 내지른다. 그사이 마천의 마인들이 다시 흑성들을 공격했다.

차창!

곳곳에서 살벌한 싸움이 벌어졌다. 마천의 마인들이 삽시간에 강물로 뛰어들어 흑성들을 포위하려 했다.

"각자 살길을 찾읍시다!"

어디선가 금패의 흑성 풍기욱의 목소리가 들렸다. 그리고 다음 순간 흑성들이 사방으로 흩어지기 시작했다.

누가 죽고 누가 살았는지 돌아볼 겨를이 없었다. 지금은 오직 자신의 목숨 하나를 살리는 데 모든 힘을 쏟을 때였다.

"후욱!"

당목이 달리며 긴 숨을 몰아쉬었다. 월천보는 공력이 많이 소모되는 신법이다. 그런 월천보를 벌써 한 시진째 쉬지 않고 펼치고 있었다.

당목의 손이 잠시 자신의 옷 속으로 들어갔다. 가죽 전낭이 만져진다. 독(毒)이다.

달리는 길 위에 독을 풀어놓으면 추격자들을 막을 수 있을지도 모른다. 그러나 당목이 이내 고개를 젓고는 다시 힘을 내 달리기 시작했다.

독은 가장 위중한 순간을 위해 아껴둬야 한다고 판단한 당목이다.

그러나 이각여가 지나자 당목은 처음 망설였던 곳에서 하독하지 않은 것을 후회했다.

점점 느껴지는 마천 마인들의 기운이 심상치 않았다. 적어도 십여 명은 넘는 숫자인 듯싶었다.

하독을 망설였던 지점은 외진 길목, 반드시 통과하지 않으면 안 되는 곳이었기에 독을 풀었다면 적어도 서넛의 발목은 잡을 수 있던 곳이었다.

하지만 지금은 그곳만큼 좋은 하독처를 발견하기도 어렵고, 또한 적의 숫자가 그녀가 예상했던 것보다 너무 많았다.

"그만! 여기까지다!"

한순간 문득 그녀 앞에서 회색 무복의 장한이 내려섰다. 얼핏 보면 승려의 가사 자락 같아 보이는 옷을 입은 자다.

당목이 걸음을 멈췄다. 그러자 순식간에 사방에서 십여 명의 사내가 나타나 당목을 에워쌌다.

'죽을 곳인가?'

당목이 나직하게 탄식했다. 다시 가슴에 손이 갔다. 지금 하독을 할까 하는 망설임이 생겼다.

그러나 역시 아니다. 하독을 한다 해도 싸움 중에 기습적으로 하는 것이 유리했다. 그러면 마지막으로 다시 한 번 도주할 기회를 얻을지도 모른다.

그런 당목의 생각을 아는지 모르는지 길을 막아선 사내가 냉막한 표정으로 당목을 살펴보다 살짝 아미를 찌푸렸다.

"여인인가?"

"……."

당목은 묵묵부답 대답이 없다. 그녀는 온 기운을 자신의 검에 집중하고 있었다. 지금은 한마디 말조차도 아까운 시간이다.

"내 평생 여인을 베는 것을 꺼려 했는데……."

사내가 다시 중얼거렸다. 그러자 곁에 있던 초로의 인물이 입을 열었다.

"소공, 서둘러야 합니다. 마불께서 기다리고 계십니다."

"음… 어쩔 수 없군. 사부를 기다리게 할 순 없으니."

'마불의 제자다!'

당목의 가슴이 다시 뛴다. 마불의 제자라면 무공으로는 그녀가 감당할 수 없는 존재일 수도 있다.

그녀 역시 흑성이 되면서 여러 무공을 수련하고, 어려서부터 당가의 가전 무공들을 깊이 있게 수련했지만 그래도 그녀의 나이 아직 이십 대 중반, 중년인 마불의 제자를 감당하기엔 부족했다.

"이름이라도 말하라. 지인에게 전해주겠다. 네가 죽을 것을!"

마불의 제자란 자가 선심 쓰듯 말했다.

순간 당목이 입술을 움직였다. 그러나 그녀의 입에서 나온 소리가 너무 작아서 미처 마불 제자의 귀에 들리지 않았다. 마치 겁을 먹고 제대로 말하지 못한 듯한 모습이었다.

"저런, 말조차 하지 못할 정도로 두려운가? 다시 한 번 제대로 말해보라."

마불의 제자가 한 걸음 앞으로 다가서며 말했다. 그 순간 나직한 당목의 목소리가 그의 귀에 들렸다.

"이름 말고 다른 선물을 주리다."

당목은 계획을 바꿨다. 더 이상 독의 사용을 미루지 않기로 한 것이다.

마불 구르간의 제자라면 자신에게 독을 쓸 기회조차 주지 않을 수도 있기 때문이었다.

"응?"

마불의 제자가 당목의 말에 흠칫한 표정을 짓는 순간 당목의 손이 허공을 휘저었다.

당목의 손에 들렸던 독낭이 터졌다. 뿌연 연무 같은 것이 순식간에 장내를 가득 메웠다.

"독이닷!"

마불의 제자가 급히 소리치며 뒤로 물러났다. 마천의 마인들도 분분히 독무가 미치지 않는 곳으로 몸을 피했다.

순간 독무 안에서 당목이 날아올랐다. 그녀가 향한 곳은 왼쪽 산비탈이었다.

팟!

그녀의 손에서 암기가 발출됐다.

"큭!"

남쪽을 막고 있던 마인 하나가 암기에 격중되어 고꾸라졌다. 그러자 당목이 상대를 날아 넘어 구르듯 비탈을 달려 내려가기 시작했다.

"쫓아라!"

마불의 제자가 차가운 살기를 드러내며 소리쳤다. 마천의 마인들이 당목을 따라 산비탈을 달리기 시작했다.

투투툭!

오래된 낙엽들이 흙과 함께 산 아래로 떨어졌다. 노련한 산꾼이라도 제대로 걷기 힘든 지형이었다.

모래와 낙엽이 쌓인 그 위를 당목이 구르는 바위처럼 내달렸다. 몸 곳곳에 나뭇가지와 바위에 긁힌 상처가 여럿 생겨났다.

그러나 그런 지형보다 더 무서운 것이 적의 공격이었다.

파파팟!

서너개의 암기가 그녀의 주위에 박혀 들었다. 암기를 쓸 수 있는 것은 흑성만이 아니었다. 더군다나 마천의 마인들은 구천맹의 고수들과 다르다. 그들은 암기를 쓰는 데 전혀 망설임이 없었다.

벌써 몇 군데 당목의 몸에도 암기에 의한 상처가 나 있었다. 그럼에도 불구하고 당목이 그나마 적의 공격을 피할 수 있었던 것은 지형의 이점 때문이었다.

험한 산비탈이지만 아래로 급히 기울어진 덕에 쫓는 자들도 쉽게 움직이지 못하고 있었다.

그러나 운은 계속 이어지지 않았다. 어느새 산비탈이 끝나고 발아래 계곡이 모습을 드러냈다.

"아!"

당목의 입에서 자신도 모르게 탄식이 흘러나왔다. 이런 계곡이 앞을 막으면 적의 추격을 더 이상 피할 수 없다.

이젠 정말 싸우다 죽는 것 말고는 방법이 없었다.

당목이 빠르게 주위를 살폈다. 싸워야 한다면 조금이라도 유리한 지형을 찾아야 했다.

잠시 주변을 살피던 당목이 한쪽으로 몸을 날렸다.

당목이 찾은 곳은 거대한 고목이 서 있는 절벽 위쪽이었다. 절벽에서 떨어지면 죽음을 피할 수 없는 곳. 고목은 그 절벽 위에 위태롭게 서 있었는데 굵기가 장정 서넛이 팔을 두를 만했다.

"적어도 저들 손에 죽지는 않겠다."

당목이 고목을 등지며 중얼거렸다. 싸우다가 최후의 순간에는 절벽 아래로 몸을 날릴 생각이었다.

그녀를 추격하던 마천의 마인들도 속도를 줄이고 있었다.

그녀가 막다른 곳에 있기 때문에 추격을 서둘 필요가 없다고 생각하는 듯했다.

"후욱, 후욱!"

당목이 연신 숨을 몰아쉬었다. 죽음을 각오하니 외려 투지가 솟구쳐 올랐다.

"죽기에 좋은 곳이다. 더군다나 새벽 어름이라 시간도 좋군."

당목이 하늘을 바라봤다. 동쪽에 새벽별이 떠 있다. 그러자 갑자기 한 사람의 얼굴이 떠올랐다.

"그는 과연 살아 있을까? 시신을 찾지 못했으니 그럴 수도 있을 텐데… 혹, 죽었다면 이제 곧 만날 수 있겠군."

당목이 중얼거렸다. 그런데 그때 고목 위에서 생경한 목소리가 들려왔다.

"누굴 그렇게 만나고 싶소?"

"누구냐?"

당목이 황급히 고목에서 떨어지며 나무 위를 바라봤다.

그러자 새벽어둠 속에서 검은 옷을 입은 사내 하나가 나뭇가지에 걸터앉아 그녀를 내려다보고 있었다.

당목은 단번에 그를 알아봤다. 아무리 어스름한 새벽이라도 그의 눈빛, 그의 형상은 결코 잊을 수 없었다. 왜냐하면 거의 매일 밤 꿈속에서 봐왔던 사람이기 때문이었다.

"당신……!"

"오랜만이오."

궁비영이 훌쩍 나무에서 몸을 날려 당목 곁에 내려섰다.

그 와중에도 마천의 마인들이 빠르게 두 사람을 에워싸고 있었다.

제9장

그 며칠

마불에게는 두 명의 제자가 있다.

탑살과 감업이란 이름을 가진 자들이다. 모두 서장 출신으로 마불이 서장을 떠날 때부터 거둔 제자다.

마천의 시대를 거쳤고, 천변을 겪은 자들이기에 비록 마불의 제자라고는 하나 강호에 나가면 사부 못지않은 일대 거마로서 인정받는 자들이었다.

그중 탑살이란 자의 눈이 공포로 물들었다.

평소 죽음이 두렵지 않다고 자부했던 그의 생각은 자신에 대한 큰 오해였다.

그는 이제 죽음이 두려워졌다.

구천맹의 흑성 하나, 그것도 여인을 추격해 주살하는 일은

어린애 손목 비트는 것만큼 쉬운 일이라고 생각했었다.

그러나 그 여자 흑성의 재주가 생각보다 뛰어났다. 자신이 이끄는 마천 마인들의 추격을 한 시진 넘게 피해내고 있었던 것이다.

사부 마불 구르간이 이 사실을 알면 큰 꾸중을 피할 수 없는 일이라 생각하며 수하들을 독려하던 그에게, 흑성을 잡는 일 따위는 한순간 망각할 만한 일이 기다리고 있을 줄 누가 알았던가.

스슥!

그자의 발이 움직일 때마다 자신의 수하들이 쓰러졌다. 덕분에 그자를 만난 지 일각이 지나지 않아 쓰러진 수하가 일곱, 이제 남은 수하는 겨우 둘뿐이다.

그자의 무공은 공포스러웠다. 가벼운 춤사위 같은 그의 움직임 끝에는 반드시 죽음이 있었다.

얼핏 보면 무공 같지도 않은 움직임이었다. 그러나 그자는 한 걸음에 이삼 장의 공간을 이동했고, 손짓 한 번에 아름드리 나무에 구멍을 뚫었다.

공력이 센지는 알 수 없었다. 그러나 그 빠름은 도저히 사람의 능력으로는 따라잡을 수 없었다.

그래서 결국 탑살은 결국 도주를 선택했다. 오래전 잊었던 죽음에 대한 두려움이 그를 본능적으로 도주하게 만들었다.

그러나 그 또한 쉬운 일이 아니었다. 그가 어느새 그의 도주로를 막아섰기 때문이었다.

"너… 넌 누구냐?"

탑살이 도를 들어 가슴을 가리며 물었다. 상대의 손짓 한 번이면 자신의 가슴에 구멍이 뚫릴 것 같은 두려움이 몰려왔다.

"당신 이름부터 듣지."

궁비영이 대답했다.

마불의 제자 탑살을 공포에 떨게 한 인물은 당목을 구하기 위해 모습을 드러낸 궁비영이었다.

"난… 마불의 제자 탑살이라 한다."

이 대답 역시 탑살의 의지와 상관없는 것이었다.

그는 본능적으로 사부 마불의 별호를 들먹였다. 마불이라는 이름이 마치 지금의 위기에서 자신을 구해줄 수 있을 것처럼 느껴졌다.

그러나 궁비영에게 마불 구르간은 관심을 끌지언정 두려운 이름은 아니다.

"괜찮군."

"무슨 소리냐?"

"마불에게 경고하기엔 적당하단 뜻이다."

자신을 죽이겠다는 의미라는 것을 탑살은 금세 알아챘다.

"감히… 마천을 상대하겠다는 것이냐?"

이젠 마천을 들먹이는 탑살이다.

"이건… 실망이군."

"……."

"설마 마불의 제자쯤 되는 자가 스승과 세력을 앞세워 위기를 벗어나려 할 줄은 몰랐단 말이다. 이건… 곱게 자란 부잣집 여인네 같은 행동이 아닌가?"

"이놈!"

자신이 조롱받고 있다는 것을 깨달은 순간 탑살의 입에서 노성이 터져 나왔다. 그러자 궁비영이 차갑게 말했다.

"이곳에서 그대를 도와줄 사람은 아무도 없다. 마불도 마천도 오늘 내 검에서 그대를 지켜줄 수 없어. 믿을 것은 오직 그대 자신뿐이다. 재주가 부족하면 죽을 것이다. 지금까지 그대가 죽여왔던 사람들처럼 말이야!"

궁비영이 탑살을 향해 걸어오기 시작했다. 그러자 탑살이 두어 걸음 뒤로 물러나며 재빨리 도를 휘둘렀다.

웅!

도기가 일어나 궁비영을 반으로 갈랐다. 순간 정말 궁비영의 몸이 반으로 갈라지는 듯한 착시가 일어났다.

짧으나마 탑살의 얼굴에 희열이 번뜩였다. 그의 도는 분명 그 두려웠던 상대를 벤 것 같았다.

그러나 그 희열은 찰나에 지나지 않았다.

스슥!

탑살의 귀에 옅은 바람 소리가 들리는 듯하더니 둘로 갈라졌던 궁비영의 몸이 탑살의 눈 바로 앞에서 다시 하나로 모여들었다.

"컥!"

궁비영의 몸이 미처 본래의 형상을 갖추기도 전에 탑살의 입에서 신음이 터져 나왔다. 궁비영의 손이 탑살의 목을 움켜쥐고 있었다.

"쿡쿡!"

탑살이 연신 토악질을 해댔다. 숨을 쉴 수가 없었다. 궁비영이 검을 들어 탑살의 눈앞에 가져다 댔다.

"운 좋게도 생각이 변했다. 당신을 살려두겠어. 이유는 하나야. 마불에게 전할 말이 있기 때문이지. 가서 마불에게 전해. 욕심을 거두고 마천을 떠나 서장으로 돌아가라고. 가서 평생 회개하며 살라고 말이야. 기회는 이번 단 한 번뿐이라고. 계속 마천에 남아 있게 된다면 결국 죽게 될 테니까."

"크큭!"

탑살이 대답을 하지도 못하고 계속 토악질을 해댔다. 숨이 막힌 몸이 부르르 떨렸다. 그러나 궁비영은 탑살의 상태에 아랑곳하지 않고 말을 이었다.

"이런 충고를 하는 이유는 오직 하나야. 그가 목불과 인연이 있기 때문이지. 난 목불에게 약간의 은혜를 받았어. 바로 그 목불과의 인연 하나로 그에게 한 번의 기회를 주는 것이라고 전해. 목왕 적월은 그런 인연이 없어 오늘 내게 죽은 것이라고!"

말이 끝나자마자 궁비영이 검의 손잡이로 탑살의 뒷덜미를 가격했다.

그러자 탑살이 소리도 없이 그 자리에 쓰러졌다. 그런 탑살의 몸을 궁비영이 다시 몇 번 두들겼다. 혈도를 폐쇄해 무공을 쓸 수 없게 만든 것이다.

당목은 궁비영이 탑살에게 손을 쓰는 것을 혼이 빠진 사람처럼 지켜보고 있었다.

자신이 살아났다는 기쁨보다는 그녀 앞에 불쑥 나타난 궁비영의 존재가, 그의 무공이, 그리고 그의 독한 손속이 그녀를 혼란스럽게 만들고 있었다.

"갑시다."

탑살의 혈도를 폐쇄한 궁비영이 다가와 당목의 손목을 잡았을 때에야 그녀가 정신을 차렸다.

"어디로……?"

당목이 무의식적으로 물었다.

"아무 곳이나 사람 없는 곳으로 갑시다."

궁비영이 다시 당목의 손목을 잡아끌었다. 당목은 궁비영이 이끄는 대로 숲으로 움직였다.

구구구!

피비린내 나는 싸움이 치러진 주악산에 아침이 왔다. 산새가 어김없이 아침을 알리는 울음을 울었다.

그 산에서 지난 밤 수많은 사람이 죽었음을 짐작이나 할 수 있을까. 궁비영과 당목은 작은 산봉우리 위에서 아침을 맞이하고 있었다.

일출이 뱀처럼 구불거리는 장강의 지류를 비추고 있었다. 멀리 배 한 척이 보이는데 그게 구천맹의 배인지는 알 수 없었다.

"살아 있었군요."

오랜 침묵 끝에 당목이 입을 열었다. 가장 먼저 하고 싶은 말이기도 했다.

그리고 과거와 달리 말투도 변했다. 이제 그녀에게 궁비영은 더 이상 거리를 두어야 했던 동료 흑성이 아니었다.

그녀에게 궁비영은 이제 그녀가 꿈속에서조차 그리워하던 남자였던 것이다.

"덕분이오."

궁비영이 대답했다.

틀린 말이 아니다. 당목이 몰래 건넨 광혈단이 그를 오죽노의 손에서 탈출하게 만들었었다.

"그러나… 광혈단은 선천지기를 소모하게 만드는 것인데……."

"운이 좋았소."

"무슨 일이 있었던 건가요?"

당목이 그동안 궁비영에게 일어난 모든 일을 듣고 싶다는 듯이 물었다.

"비밀을 지킬 수 있겠소?"

궁비영이 물었다. 그 말에 당목이 침을 꿀꺽 삼켰다.

그녀의 신분 구천맹 흑성으로서 비밀을 지키는 것은 쉽지 않다. 만약의 경우 맹의 수뇌들이, 아니, 당문의 문주이자 자신의 아버지인 당황의 질문에도 함구할 수 있을까?

그러나 망설임은 잠깐이었다. 그들 모두에게 거짓을 말할지라도 궁비영의 이야기를 듣고 싶었다.

호기심 때문이 아니었다. 그가 없는 동안 느꼈던 강렬했던 그 상실감의 이유를 그녀도 잘 알고 있었다.

궁비영에 대한 그녀의 마음은 스스로 생각했던 것보다 훨씬 깊고 강했던 것이다.

"지킬 수 있어요."

당목이 단호하게 대답했다. 그러자 궁비영의 눈빛이 흔들린다. 궁비영은 그녀에 대한 자신의 감정이 조금도 변하지 않았음을 깨달았다.

'오히려 더 깊어진 것일까?'

씁쓸한 미소가 지어진다.

한때 사람이 자기 마음을 통제하지 못하는 경우를 비웃던 때도 있었다. 그런데 지금은 그 자신이 그 지경에 처해 있었다.

"왜 웃어요?"

당목이 기분이 상한 듯 물었다. 그러자 궁비영이 얼른 대답했다.

"그대 때문이 아니고 나 때문이오. 아무튼 비밀을 지킬 수 있다니 내 이야기를 해주겠소."

궁비영의 말에 당목이 기쁜 표정을 지으면서 되물었다.

"내 말을 믿어요?"

"믿소."

"난 당문의 사람이고, 구천맹의 흑성인데도 말이에요?"

"그래도 믿소. 설혹 당신이 날 배신한다 해도 난 당신을 믿을 것 같소. 이유는… 사실 나도 모르겠소."

궁비영의 말에 당목의 목덜미가 벌겋게 달아올랐다. 고백 아닌 고백을 받은 모양새다.

"크흠, 그래 그동안 어디 있었지요?"

어색함을 지우려는 당목이 얼른 물었다.

"난… 유령문에 있었소."

"역시……."

당목이 짐작했다는 듯이 고개를 끄떡였다. 살아 있다면 그를 구할 곳은 유령문밖에 없다고 생각하고 있었다.

"그대가 준 광혈단이 큰 도움이 되었소."

"그런데 광혈단을 복용했는데 어떻게 무공이……."

처음 들었던 의문이 되살아났다. 광혈단으로 선천지기를 일으켰다면 폐인은 아니더라도 적어도 무공은 상실했어야 한다.

"유령문은… 생각보다 무서운 곳이더구려. 그들이 날 살렸소. 그래서 난 지금 그들을 위해 일하고 있소."

궁비영의 말에 당목의 표정이 어두워졌다.

"다시 같은 운명에 빠진 건가요?"

흑성으로 길러져 구천맹을 위해 일하는 것이나, 목숨을 구함받고 유령문을 위해 일하는 것이다 다를 바가 없는 인생이란 생각 때문이었다.

그리고 그런 무노(武奴)의 운명의 굴레서 벗어나려 했던 궁비영의 마음을 잘 알고 있는 당목이었다.

"같은 처지긴 한데… 조금 다른 것도 있소."

"뭐가 다른가요?"

"일단 일이 끝나면 난 자유롭게 유령문을 떠날 수 있소."

"약속은 언제나 지켜진 이후에나 가치를 갖는 법이지요."

의심하지 않을 수 없는 약속이란 건 궁비영도 인정할 수밖에 없다.

"떠나지 못한다 해도 구천맹과는 조금 다를 것이오. 왜냐하면 그곳에 아버지가 있으니까."

"아! 살아계셨군요!"

당목이 놀란 표정으로 소리쳤다. 그녀 역시 마곡산의 혈사에서 궁비여의 아버지 궁도요가 죽었다는 것을 알고 있었다. 그런데 그 궁도요가 살아 있으니 놀라지 않을 수 없는 일이었다.

"그곳에서 편하게 잘 살고 계셨소."

"다행이에요. 정말!"

당목이 진심으로 기뻐했다.

그녀의 진심을 보니 궁비영의 마음이 다시 푸근해진다. 적어도 그녀만큼은 자신을 배신하지 않을 것 같다는 생각이 들었다.

이건 근거가 필요 없는 감정이었다. 그냥 마음으로 느껴지는 것이니 이심전심이랄까.

"당신은 어떻게 지냈소?"

이번에는 궁비영이 물었다.

"나야… 그저 흑성으로……."

당목이 말꼬리를 흐린다. 사실 딱히 할 말도 없었다. 정말 그저 구천맹의 흑성으로서 정신없이 살아온 당목이었다.

"흑성들은 모두 맹에 남았소?"

궁비영이 물었다. 당목은 금세 궁비영의 말을 알아챘다.

흑성은 예전부터 오죽노의 수족과 같은 존재들이었다. 그러니 그가 맹을 떠날 때 그를 따라 간 자가 없을 수 없었다.

"구파의 직계들만 남았다고 할 수 있어요. 그것도 오늘 밤 이곳에서 여럿 죽었을 테니 이젠 정말 얼마 남지 않았을 거예요. 휴……."

당목이 한숨을 쉰다. 그러자 궁비영이 잠시 망설이다가 물었다.

"그대는 어떻소?"

"……?"

같은 질문을 두 번 한 것 같은 기분이 들었는지 당목이 궁비영을 바라봤다.

"당문과의 관계 말이오."

궁비영이 고쳐 묻자 당목의 표정이 변했다. 그녀의 얼굴에 깊은 슬픔이 느껴진다.

"좋지 않소?"

궁비영이 다시 묻자 당목이 고개를 끄떡인다.

"도대체 무슨 일이 있는 거요?"

궁비영이 걱정스럽게 물었다. 그러나 당목은 여전히 말을 아꼈다. 그런 당목을 보며 궁비영은 그녀가 무척 왜소하다고 느꼈다.

어쩌면 그녀의 체구는 처음부터 작았을지도 몰랐다. 다만 무명도에서의 그 고된 수련을 이겨 나가는 모습이 그녀를 본래보다 크게 보이게 만들었을 수도 있다.

그런데 오늘은 온전히 그녀 본래의 크기로 보였다. 그녀가 어두운 기운이 느껴지기 때문일 터였다.

"쉴 곳을 찾읍시다."

궁비영이 당장 들을 수 없는 대답이라는 것을 깨닫고는 그녀를 데리고 걸음을 옮겼다.

"돌아가지 않아도 되는 건가요?"

당목이 걱정스레 물었다.

두 사람은 반나절 정도를 정처 없이 걸어 이름 모를 산, 아름드리나무 아래 아늑한 공간을 차지하고 앉아 있었다.

아직 해가 남아 있을 때 벌써 모닥불을 피운 두 사람이었다. 뒤쪽은 삼사 장 깊이의 동굴이 있어 밤이슬을 피하기도 적당했다.

"하루 정도는 괜찮소. 외려 당신이 걱정이구려."

"나야… 나 역시 상관없어요."

당목이 무슨 말을 하려다가 고개를 저으며 대답했다. 그리고 다시 침묵이 흐른다.

어둠이 두 사람이 모르는 사이에 공터에 스며들었다. 궁비영은 묵묵히 모닥불을 북돋는 것으로 저녁 한기를 밀어내고 있었다.

"어머니가 돌아가셨어요."

문득 당목이 말했다.

궁비영이 고개를 돌여 당목을 봤다.

생각보다 당목의 표정은 담담했다. 어쩌면 편안해 보이기도 했다.

"어머니시라면 당문의… 그런 소문은 듣지 못했소만……."

당목은 현 당문주 당황의 혈육이다. 그러니 그녀의 어머니라면 당문의 대부인인데 강호에 당문의 대부인이 죽었다는 소문은 없었다.

"내 어머니는 아버님의… 첩, 아니, 첩조차도 아닌 사람이었어요."

"음!"

처음 듣는 이야기다. 그러나 그 말을 들으니 지금까지의 당목의 행동이 이해가 간다.

문주의 혈육이 흑성으로 올 때는 그만한 이유가 있을 것이라 생각했었다. 당목은 당황의 혈육이기는 하지만 아마도 당문에서 그 대우를 받지 못했을 터였다.

"어머니는 당문에서 허드렛일을 하던 하녀였어요. 그러다가 아버지가 젊었던 시절 어느 날 술에 취해 하룻밤을 보내게 되었지요. 어머니는… 그 하룻밤의 운명으로 당문에서 하녀로 사는 것 이상의 고초를 겪었지요. 대부인뿐 아니라 첩이라는 사람들까지 어머니를 괴롭혔어요. 어린 제가 보아도 지옥 같은 삶이었죠. 더군다나 아버지는 그 하루 말고는 다시는 어머니를 찾지 않았어요."

"그래서 흑성이 되기를 자처했구려. 흑성의 일이 끝나면 어머니와 함께 당문을 떠나기 위해서."

궁비영의 물음에 당목이 고개를 끄덕였다.

"당문을 떠날 수만 있다면 난 어머니와 행복한 삶을 살 수 있다고 생각했었어요. 그걸 위해 흑성이 된 것인데……."

"어쩌다가 돌아가셨소?"

"지병이 있으셨어요. 그 몸으로도 그들의 멸시와 괴롭힘을 견뎌야 했지요. 그자들……!"

한순간 궁비영은 당목의 눈에 분노가 타오르는 것이 보였다. 당장에라도 달려가 그녀와 어머니를 학대하던 자들에게 검을 휘두를 것처럼 보인다.

"당문주는 그대의 그 마음을 알고 있소?"

"글쎄… 잘 모르겠어요. 흑성이 된 이후에는 거의 만나지 못했으니까."

당목이 감정을 추스르며 고개를 저었다.

"이젠 어쩔 거요?"

궁비영이 물었다. 그러자 당목이 한참 생각에 잠겼다가 입을 열었다.

"혈맹록의 약조대로 할 거예요. 난 당문을 떠날 거예요. 솔직히 난 내 자신이 당문의 사람이라고 생각해 본 적이 없었어요."

당목이 단호하게 말했다.

"떠난다면 어디로……?"

먼 훗날의 일이다.

그러나 당장 그 답이 궁금한 궁비영이었다. 그 자신도 질문을 하면서 멍청한 말이라고 생각했다.

그런데 그런 궁비영의 질문에 당목이 피식 실소를 흘린다. 그 멍청한 질문으로 당목의 격한 감정이 조금은 누그러진 듯 보였다.

"예전에는… 당신이 맹을 떠나기 전에는 당신과 함께 맹을 떠나면 어떨까 그런 생각을 했었어요. 그때 소남원의 지하 감옥에서 말했듯이 말이에요."

소남원 지하 감옥에서 궁비영에게 광혈단을 전하면서 당목은 함께 떠날 수 있었느냐고 물었었다.

"지금은 어떻소?"

궁비영이 급하지도 그렇다고 느리지도 않게 물었다. 소남원 금옥에서 받은 질문을 그대로 되물은 것이다.

"난… 모르겠어요."

"뭘 모르겠다는 거요?"

궁비영이 다시 물었다.

"당신은 많이 변했어요."

당목이 궁비영의 눈을 또렷이 보며 말했다.

순간 궁비영의 심장이 예전에 그랬던 것처럼 퍼뜩 놀랐다. 그녀의 얼굴을 이렇게 가까이에서 정면으로 본 것은 정말 오랜만의 일이었다.

많은 풍파를 겪고도 여전히 아름답다고 궁비영은 생각했다.

"나로 말하자면 변한 것은 없소."

궁비영이 대답했다.

"당신은… 강해졌어요."

당목이 말했다.

그녀의 눈에 궁비영은 부담스러울 정도로 강해져 있었다. 강호에서 강함이란 곧 권력이다. 궁비영이 갖게 될 권력이 그녀를 두렵게 만드는 것이다.

"강해진 건 사실이오. 그러나 그게 날 변하게 하지는 못하오."

궁비영이 설득하듯 말했다.

"그러나… 세상이 그대를 그냥 놓아두겠어요? 사람들이 당신 곁으로 모일 거예요."

당목의 목소리가 무겁다.

"그러지 못할 거요. 사람들은 날 찾을 수 없을 테니까. 만나려 해도 만날 수 없는 사람이 될 거요. 그러니……."

"함께 있자고요?"

이럴 때 보면 전혀 변한 것이 없는 당목이다. 너무 직설적이어서 가끔 상대를 당황시킬 때가 있었다.

"당신이 싫지 않다면!"

궁비영도 다른 때와 달리 분명하게 자신의 생각을 밝혔다.

그녀에게 자신에 대한 확신이 필요한 시간임을 본능적으로 깨달은 것이다.

“난…….”

궁비영이 단호하게 나오자 오히려 당목이 망설인다.

“당문에 미련이 남아 있소?”

“그건 아니에요. 그 괴물 같은 곳은…….”

“그럼 뭐가 문제요? 혹… 나에 대한 마음이 사라진 거요?”

궁비영의 물음에 당목이 천천히 고개를 저었다. 그러면서도 입을 닫는다.

답답한 시간이 흘러갔다. 망설이 이유가 없는 상황에서도 사람들은 망설인다. 다가오지 않은 일들, 결국에는 흩어져 버리고 말 걱정에 사람들은 정작 중요한 것들을 놓치곤 한다.

당목의 망설임이 그랬다. 궁비영이 말한 것은 그녀가 오랫동안 원하던 것이었다. 그러나 막상 그 길로 들어서려니 두려움이 앞서는 것이다.

한동안 당목의 침묵을 기다려 준 궁비영이 문득 손을 뻗어 그녀의 손을 잡았다.

순간 당목이 흠칫 몸을 떨었다. 그렇다고 궁비영의 손을 뿌리친 것은 아니다.

처음으로 두 사람의 체온이 만났다. 궁비영은 당목의 손이 생각보다 따뜻하다고 생각했다. 겉모습과 달리 마음이 여린 여인이란 생각이 다시 들었다.

그렇게 생각하니 그녀가 살아온 시간에 대한 안쓰러움이 생긴다.

궁비영이 가볍게 그녀의 어깨에 다른 손을 올렸다. 그러자 이번에는 당목이 망설이지 않고 궁비영의 가슴에 몸을 기댔다.

당목은 그 상태로 눈을 감았다. 그러고는 거짓말처럼 그녀는 잠이 들었다.

평생 자보지 못한 사람처럼 아주 편안한 얼굴로 당목은 잠에 빠져들었던 것이다.

궁비영은 단단한 바위처럼 당목을 받쳐 줬다. 그녀의 규칙적인 숨소리가 그의 마음을 편하게 해주었다.

모닥불이 잦아들었지만 불을 살리기 위해 움직이지도 않았다. 그가 움직이면 그녀가 잠에서 깰 것이기 때문이었다.

밤은 점점 깊어갔다. 달이 사라지고 별만 남은 하늘은 이제 곧 봄이 올 거란 걸 말해주고 있었다.

아주 긴 겨울이었고, 폭풍 같은 시간들이었다는 생각이 들었다.

그러나 봄이 온다고 강호의 폭풍이 사라질까. 그렇지는 않을 것이다. 아마도 더 강력한 폭풍이 강호를 강타할 것이다.

"춘래불사춘이라……."

궁비영이 옛 시조 가락을 중얼거렸다. 그런데 그 작은 소리가 당목을 깨웠다.

"아직 밤이군요."

궁비영의 얼굴이 살짝 변했다.

잠에서 깨어난 그녀는 변해 있었다. 흑성의 그 차가움은 사라지고 어린애 같은 온기가 얼굴에서 느껴졌다.

그녀의 손이 궁비영의 허리를 부드럽게 감싸 안았다. 그러고는 궁비영을 보며 다시 물었다.

"얼마나 잤죠?"

"두어 시진?"

"그동안 이러고 있었어요?"

"너무 곤히 자서……."

"언제든 이렇게 있어줄 거라고 약속할 수 있어요?"

갑자기 여인이 되어버린 당목이 조금 당황스럽기는 하지만 그것이 나쁘지만은 않은 궁비영이다.

"약속하오."

당목의 어깨를 감싼 궁비영의 손에 힘이 들어갔다. 그러자 당목이 고개를 끄떡였다.

"좋아요. 그럼 나도 약속할게요. 이제 난 당신의 사람이에요."

당목을 떠나보내는 궁비영의 마음은 내내 불안했다.

사랑은 마음에 독을 품는 것과 마찬가지라더니 아마도 영영 그 독을 품고 살아야 하리라. 그러나 그 독은 아플지언정 거부할 수 있는 것이 아니다.

누군가는 그 독의 기운으로 평생을 살고, 누군가에게는 그

독이 천고의 영약이 되기도 한다. 유일한 단점은 아프다는 것뿐이니 견딜 만한 독이 아닌가.

일 초의 검술과 청령주를 내주었다.

일 초의 검술은 화선무의 기운에 탈명검의 무리를 섞은 것으로 타인이 본다면 절대 그 내막을 알지 못할 검초였다.

당목의 내력으로는 아마도 두어 번 이상 시전하지 못할 테니, 오직 구명의 초식으로만 써야 할 무공이었다.

청령주를 건넬 때는 잠시 망설이기도 했었다. 청령주를 품에 지닌다는 것은 곧 유령문의 친구라는 뜻이다.

그러나 만약 당목이 위급한 순간 청령주를 깨뜨려 유령사들에게 도움을 청한다면 과연 근방의 유령사들이 그녀를 도와줄지 의문이었다.

아무리 청령주를 지니고 있다고 해도 그녀는 구천맹의 흑성이었다. 지금 유령문과 구천맹이 서로의 필요에 의해 손을 잡았지만 오래된 원한은 그리 쉽게 사라지는 것이 아니었다.

그러나 그럼에도 불구하고 그녀에게 청령주가 있는 것이 없는 것보다는 낫다는 생각이 들었다.

"내일의 모든 일은 도박이니까."

궁비영이 중얼거렸다. 벌써 당목의 모습은 사라지고 보이지 않았다. 하지만 아직도 그녀의 숨결이 느껴지는 듯하다.

그녀의 향기가 코끝을 간지럽힌다. 당장에라도 따라가서 그녀를 붙들고 싶지만 지금을 그럴 수 없었다.

지금 두 사람에겐 서로 할 일이 있었고, 그 일이 끝나야 그들은 자유로워질 수 있었다.

"모두 무사할까?"

당목이 떠나고 나서야 유령문의 사람들이 걱정됐다.

당목과 이틀을 보냈다.

짧은 시간 그들은 부부의 연을 맺었다. 그리고 그동안 유령문의 일은 궁비영의 머릿속에 있지 않았다.

아마도 유령문에선 그의 귀환을 초조하게 기다리고 있을 것이다. 아니, 어쩌면 벌써 유령사들이 주악산 인근을 뒤지고 있을 수도 있었다.

궁비영이 가볍게 땅을 찼다. 그러자 그의 신형이 그대로 하늘로 솟구치더니 무성한 나뭇가지 사이로 사라졌다.

* * *

거짓말처럼 무림이 멈췄다. 치열하던 마천과 구천맹의 싸움도 근 한 달 동안 잠잠했다.

강호인들을 어리둥절하게 만든 이 침묵의 이유가 유령문이라는 사실을 아는 사람은 많지 않았다.

구천맹과 유령문이 다시 손을 잡은 순간부터 마천은 쉽게 움직이지 못했다. 감히 유령문의 유령사들의 눈을 피해 움직일 자신이 마천에게는 없었던 것이다.

그렇다고 구천맹이 마천에 반격을 가할 수도 없었다.

유령문과 손을 잡았다고는 해도 유령사들은 구천맹의 맹도가 아니었다. 그들을 앞세워 마천을 공격하는 일 같은 것은 감히 생각할 수 없는 구천맹이었다.

일단은 마천의 공격이 중지되었다는 것만으로도 구천맹이 얻은 이득이 막대했다.

그들에겐 오죽노가 떠난 이후 혼란스러워진 맹을 정비할 시간이 필요했다. 더불어 앞일에 대한 계획을 세울 시간도 간절히 필요하던 시기였다.

그러니 유령문이 구천맹에 준 도움이 결코 작다고 할 수 없는 상황이었다.

오죽노는 오죽노대로 잠잠했다.

적불산에 잠시 모습을 드러냈던 그는 이후 세상에서 증발하듯 사라져 버렸다. 어디서도 그의 흔적을 찾을 수 없었다.

그러나 유령문만큼은 그의 행보를 추측하고 있었다.

한록산, 과거 육혈무성의 회합이 이뤄지던 땅이고, 토귀 녹명이 한동안 오죽노의 강압으로 머물렀던 그 땅에서 오죽노가 큰일을 꾸미고 있다는 것은 보지 않아도 알 수 있었다.

그래서 유령문은 유령사들을 동원해 한록산 인근을 살피기 시작했다. 그러나 그들조차도 감히 한록산 육혈봉 안으로 사람을 들여보내지는 못했다.

한록산이 오죽노가 수년간 준비한 함정이라면 적어도 그는 한록산 안에서 만큼은 유령사의 움직임도 잡아낼 수 있을 것이기 때문이었다.

변수가 발생하지 않는 이상은 그저 한록산 주변을 살피는 것이 전부일 수밖에 없는 상황이었다.

그 즈음 궁비영은 다시 해산에 들어 있었다.

이제 바람결에 묻어오는 온기가 확연히 봄을 알리고 있었다. 곧 천지가 녹음으로 물들 것이다.

"아직 소식이 없습니까?"

문득 궁비영이 물었다. 그러자 동왕 귀보전이 대답했다.

"아직… 유령사들도 함부로 한록산으로 들어갈 수 없는지라……."

"그가 모든 준비를 끝내기 전에 치는 것이 가장 좋은 방법일 텐데요."

"그렇긴 합니다만 본 문 홀로 한록산으로 진입하는 것은 불가능한 일입니다."

"음… 무슨 방도가 있어야 할 텐데……."

궁비영이 중얼거렸다.

적의 움직임을 모른다는 것만큼 답답한 일은 없다. 오죽노가 한록산에 머무는 시간이 많을수록 그를 상대하는 것은 더욱 어려워 질 것이다.

그런데 그때 문득 한 사내가 궁비영과 동왕 귀보전이 있는 작은 초가를 찾아왔다.

"무슨 일인가?"

사내를 보며 동왕이 물었다. 본래 해산에서 궁비영의 거처는 함부로 드나들 수 없는 장소였다.

"혹… 주 대인이란 분을 아시는지요?"

사내는 태강이란 유령사로 해산이 처음 개척될 때부터 머물렀던 인물이다.

해산 유령문의 본거지에서 전서구를 관리하는 사람이므로 모든 소식은 그를 통해 오간다고 할 수 있었다.

"주 대인? 어디 사람인가?"

"북산의 주 대인이라고……?"

"아, 그로군요."

귀보전이 궁비영을 보며 말했다. 북산의 주 대인이라면 주남을 가리키는 말이다.

"제가 아는 사람입니다만……."

궁비영이 대답했다.

"그분이 본 문과 인연이 있습니까?"

"북산에서 우릴 도와주었었소. 물론 지금도 필요하면 도움을 줄 수 있는 사람이고 말이오. 그런데 무슨 일이오?"

"그분이 본 문의 형제에게 말을 전했습니다. 계명흑성님께 전해달라고……."

"무슨 말인가?"

귀보전이 얼른 물었다.

"그분께서 북산을 떠나 개봉으로 향했답니다. 그리고 조만간 개봉에서 상선을 띄워 한록산 인근으로 가신답니다."

"한록산이요?"

궁비영이 놀란 표정으로 태강을 바라봤다.

"그렇습니다. 그러면서 기이한 거래를 하게 되었다고 혹시나 하여 계명흑성께 전해달라 하셨답니다."

"기이한 거래라. 무슨 거래요?"

"한록산으로 목재와 식량을 공급하는 것이랍니다."

"그인가?"

궁비영이 중얼거렸다. 한록산에서 목재와 식량이 필요한 사람은 오직 오죽노뿐이다.

"누가 그 거래를 청했다고 하던가?"

귀보전이 물었다.

"자세한 것은 알 수 없으나 제룡가주의 소개가 있었답니다."

"그가 확실하군요."

귀보전이 눈빛을 반짝였다. 드디어 틈이 보인 것이다.

"역시 제룡가주가 그의 편에 섰군요."

"그런 것 같습니다. 이건 의외로 큰 기회입니다."

"녀석을 만나야겠습니다."

"준비하겠습니다."

귀보전이 급한 표정으로 자리를 털고 일어났다.

"천천히, 천천히!"

주남이 마른 몸과 어울리지 않게 큰 소리를 질러댔다.

포구에는 강 위에 떠 있는 세 척의 상선에 싣기 위한 짐들이 산더미처럼 쌓여 있었다.

개봉으로 이어지는 관도 끝에 위치한 포구는 평소에도 혼잡

한 곳이지만 오늘은 특히나 떠들썩했다.

대형 상선 세 척에 물건을 싣는 상행은 이곳에서도 보기 드문 일이기 때문이었다.

주남이 이마에 맺힌 땀을 닦았다. 그러자 그의 옆에서 일을 돕던 젊은 사내가 얼른 수건을 건넨다.

"음, 저녁은 되어야 끝나겠군."

주남이 땀을 닦으며 중얼거렸다.

"요기라도 하세요."

청년이 말했다. 청년의 이름은 불승, 주남을 돕는 두 명의 행수 중 한 명이다. 나이는 어리지만 어려서 고생을 많이 해 세상살이에 빠삭한 젊은이였다.

그 나이에 행수 자리를 차지하고 있다는 것은 또한 배포와 지모가 뛰어나단 의미기도 했다.

"그럴까?"

"술 한잔하실래요?"

"대낮부터 무슨 술이냐?"

"이런 큰 거래를 하실 때는 술 좀 마셔줘야죠. 긴장도 풀리게."

"핑계가 좋다, 이놈아. 젊어서 그렇게 술을 마시다가는 늙어서 결국 술병 들어 죽어. 젊은 놈이 술은… 쯔쯔"

"아이고, 형님 나이는 참 많습니다."

불승이 빈정거린다. 격 없이 지내는 사이임이 분명한 두 사람이다.

"난 술을 즐기지 않잖아."

"예예, 아주 오래오래 사십시오. 제 제삿밥도 좀 부탁드립니다."

불승이 다시 빈정거린다.

"됐다, 이놈아. 가자. 국밥이나 한 그릇 먹자."

"야, 이거 북산에 다녀오시더니 수전노가 다 되셨네. 이 큰 거래를 하면서 겨우 국밥입니까?"

"시간이 없어. 서둘러야 한다."

"뭐, 좀 빠듯하기는 하지요. 아니, 무슨 거래를 이렇게 급히 하십니까? 형님답지 않게."

"일이 그렇게 됐다."

"듣자 하니 북산 제룡가에서 나온 거래라던데… 무림의 일에 관여하는 겁니까?"

"그런 건 아니고."

"그쪽엔 아예 발 담글 생각 마세요. 우리완 다른 종자들입니다."

"이놈아, 그건 내가 너보다 더 잘 안다. 내가 이래봬도 북산 출신이 아니냐?"

"물론 그렇기는 하지만 가끔 형님은 엉뚱한 실수를 하시니까요. 천재라는 양반이……."

불승이 혀를 찼다.

"음, 네가 오늘은 정말 굶고 싶은 모양이구나!"

"아이고, 그럴 리가요. 가시지요, 대인! 소인이 모시겠습니다. 오랜만에 장씨 할망구 욕이나 들어보시지요."

불승이 얼른 앞장서서 걸음을 걷기 시작했다. 그런데 갑자기 주남의 얼굴색이 변했다.

지금까지 농을 지껄이던 얼굴이 아니다.

"깊게 들어온 것 같긴 해. 평소라면 거절했을 거래다. 그러나 어쩌겠나, 비영이 놈도 하라고 하니."

주남이 고개를 젓고는 서둘러 불승의 뒤를 따라갔다.

"할망구, 여기 국밥 둘! 탁주 한 병!"

불승이 포구 한쪽에 위치한 허름한 주막에 들어서며 큰 소리로 외쳤다. 그러자 부엌에서 호통 소리가 터져 나왔다.

"저런 호로 자식 같으니라구. 할망구라니. 하여간 근본 없는 놈들이란!"

"아이구, 할망구 무슨 그런 소리를 하셔? 근본 없기는 할망구나 나나 마찬가진데."

"그만해라, 어른께!"

주남이 불승의 맞은편에 앉으며 핀잔을 줬다.

"히히, 사실 저 노친네도 이런 나를 좋아한다구요."

불승이 빙글거리며 말했다. 그때 부엌에서 백발에 주름 가득한 노파가 쟁반에 국밥과 술병을 올려 나오며 소리쳤다.

"미친놈! 누가 널 좋아한다고 하더냐? 얼른 처먹고 가. 쓸데없는 소리 말고."

"흐흐, 사실은 날 기다렸지요?"

불승이 능글맞게 물었다.

"아이고, 너 같은 호로 자식을 누가 기다려?"

"에이, 내가 며칠 안 왔다고 삐쳤구만!"

불승이 국밥을 들어 주남 앞에 놓으며 말했다.

"이 녀석아, 좀 진득할 수 없냐? 장사를 한다는 놈이. 여기 주 대인을 좀 보고 배워!"

"장사치는 본래 나처럼 걸걸해야 하는 법이에요. 우리 형님은 너무 샌님이어서……."

"주 대인 반만이라도 따라가라, 이놈아!"

딱!

노파가 불승의 머리를 한 대 후려치고는 부엌으로 들어갔다.

"아니, 이 할망구가?"

불승이 머리를 만지며 눈을 부라렸다.

"그러게 왜 맞을 짓을 하냐? 얼른 먹기나 해."

주남이 핀잔을 주고는 나무 숟가락을 들어 국밥을 먹기 시작했다.

그런데 그때 주막으로 다른 손님 둘이 들어섰다. 순간 주남의 눈빛이 변했다.

주막에 들어선 사람이 궁비영과 귀보전이기 때문이었다.

제10장

육혈무성의 땅

배는 수로를 따라 남쪽으로 내려가고 있었다.

이 긴 수로를 만들기 위해 수많은 사람이 죽었음을 역사가 말해준다. 그러나 또한 당대에는 이 수로로 인해 수많은 사람이 생명을 이어가고 있다.

"누군가의 희생, 누군가의 이득……."

궁비영이 중얼거렸다.

"무슨 말이냐?"

뜬금없다는 듯 주남이 물었다.

"어? 아냐. 그냥 이 운하를 보니 문득 생각나서. 이거 만드느라 사람 수만이 죽었다지?"

"그래서 수나라가 망했지."

주남이 대답했다.

이미 궁비영의 마음을 읽은 주남이다. 아마도 제룡가의 외가로 살아가던 시절을 떠올린 모양이리라 생각하면서 주남이 화제를 돌렸다.

"그런데 만약 그곳이 정말 오죽노의 본거지라면 너무 위험한 일 아닐까? 차라리 구천맹이나 마천으로 하여금 공격하게 하는 것은 어때?"

"그러고 싶지만 그럴 방도가 없어. 지금 마천과 구천맹은 위태롭게 서로 칼을 겨누고 있는 형국이라 한록산에 오죽노가 있다는 것을 알아도 그를 공격하지 못할 거야."

"그들에게 오죽노는 위협적이지 않다는 건가?"

"아니지. 모두들 오죽노를 두려워하고는 있을 거야. 다만 눈에 보이지 않으니까. 사람은 생각보다 단순하잖아?"

"흐흐흐, 맞아. 그래서 상인들이 이문을 남기는 거지. 눈앞에서도 속이거든."

"넌 장사꾼 아니냐?"

"나야 뭐… 심신 수련을 위해 하는 일이랄까."

"잘났다. 아무튼 네 녀석이 이렇게 큰 도움이 될 줄 몰랐다. 설마 오죽노와 선이 닿을 줄 누가 알았을까."

"모두 고명하신 제룡가주 덕분이지요. 그러고 보면 제룡가를 완전히 몰락시키지 않은 것은 잘한 일인 것 같다."

"그래 봐야 몇 해 못 가. 오죽노가 쓰러지면 제룡가도 끝이지. 더군다나 나중에 구천맹에서 제룡가가 오죽노와 손을 잡고 있었다는 것을 안다면…….”

"처절한 보복이 따르겠지."

주남이 대답했다.

그러고 보면 제룡가의 패망은 이미 정해져 있는 일이라고 할 수 있었다.

"아무튼 뭔가 특별한 계기가 필요해."

"그렇지? 단번에 이 난국을 풀어내려면……."

"그래서 이번이 좋은 기회가 되면 좋겠다."

"그나저나 중광 녀석은 역시 그를 따라갔군."

"구천맹에서는 더 이상 버틸 재간이 없었겠지. 모두가 중씨 일가가 오죽노의 심복이 되었음을 알고 있었으니까."

"망할 놈! 장원을 짓겠다고 은자까지 찾아가 놓고……."

주남이 혀를 찼다.

"그러게 말이다. 아마 짓다 말았을 게다."

"생각해 보면 그놈도 제대로 풀리는 게 없어."

"우울하다. 술이나 마시자."

궁비영이 주남의 어깨를 툭 쳤다.

"그렇잖아도 좋은 술을 준비해 뒀지."

주남이 빙긋 미소를 지어 보였다.

귀보전은 배의 갑판 한쪽에서 낄낄대며 술을 마시고 있는 궁비영과 주남을 무거운 표정으로 보고 있었다.

"뭘 하고 계세요?"

어느 틈에 다가왔는지 남왕 적하연이 물었다. 그러자 귀보전이 고개를 저으며 말했다.

"계명흑성은 약점이 없어야 하는데……."

"무슨 말씀이세요?"

"계명흑성께 저 주남이란 친구는 너무 큰 약점인 듯하오."

"……?"

귀보전의 말에 남왕 적하연이 술을 마시고 있는 두 사람에게로 시선을 돌렸다. 그러고는 잠시 후 고개를 끄떡였다.

"확실히 평소와는 다르군요."

"허점이 너무 많아 조언할 수도 없을 지경이오."

"가끔은 저런 시간도 필요하지요."

"그게 다른 사람이라면 몰라도 계명흑성에겐 어울리지 않는 일이오."

"그야 단정할 수 없는 일이지요."

적하연이 고개를 저으며 말했다. 그러자 귀보전이 단호한 표정으로 말했다.

"계명흑성은 본 문 최후의 보루요. 유령사 중의 유령사, 고독한 존재이고 가장 치열한 살수이며, 누구보다 냉정해야 하는 사람이란 말이오. 그런데 저런 모습은… 마치 그 나이대의 다른 젊은이들과 다른 게 없지 않소?"

"동왕께선 한 가지 사실을 간과하고 계시군요."

적하연이 미소를 지으며 말했다.

"뭘 말이오?"

"계명흑성이 탄생한 것이 이번이 처음이란 사실 말이에요. 그러니 계명흑성이 어떠해야 한다는 것은 정해진 바가 없지요. 사실 화인 노송 조사께서 계명흑성을 언급하실 때에도 그가 어떤 존재여야 하는지는 특별히 규정하지 않으셨어요."

"그건……."

귀보전의 말문이 막힌다.

"계명흑성이 유령사 중의 유령사여야 한다는 것도, 고독하고 냉정해야 한다는 것도, 모두 우리가 생각한 모습일 뿐이에요. 하지만 그건 모두 환상일 뿐, 그야말로 계명흑성의 시작이에요. 그러니 계명흑성이 어떠해야 할지는 그로부터 증명되겠지요."

"음……."

적하연의 말에 귀보전이 침음성을 흘린다. 그도 반박할 말이 없기 때문이었다.

그러자 적하연이 다시 말을 이었다.

"솔직히 저에게도 예상치 못한 모습이기는 해요. 그러나 성정을 두고 계명흑성을 정했다면 그는 결코 계명흑성이 되지 못했을 거예요. 그는 자유로운 영혼을 가졌으니까요. 하지만 그는 계명흑성이 될 운명이었지요. 사실 난 그가 생각보다 잘 해낼 것 같다는 생각이 드는군요."

"그렇게 보시오?"

"저 모습을 빈틈이 아니라 여유라고 생각하면 어떻겠어요?"

적하연이 물었다. 그러자 귀보전이 고개를 살짝 틀었다.

"여유라… 여유라면 나쁠 것은 없소. 운신의 폭을 넓혀줄 테니까."

"그럼 그렇게 생각하세요. 그게 계명흑성에게나 우리에게나 좋을 거예요."

"하긴 그렇소. 이미 존재하는 계명흑성을 두고 이런저런 고민을 할 필요는 없을 것이오. 그나저나 저 친구라는 사람 볼수록 대단하구려."

"주 대인이요?"

적하연의 말에 귀보전이 실소를 흘린다.

"후후, 주 대인이라니 어색하구려. 저 나이에……."

"그러나 노회한 상인들보다 더 노련한 인물이지요."

"그러게 말이오. 개봉에 오고 나서야 알았소. 그가 상계에서 차지하는 비중을."

"상계에서는 지난 이삼 년 새 그가 행한 상행이 전설처럼 회자된다고 하더군요. 마천과 구천맹을 상대로 한 위험한 거래들을 모두 성공시켰다는 것이 놀라운 거지요. 본래 상인이라 할지라도 한쪽과의 거래에만 치중하게 마련인데……."

"중립을 지킬 줄 아는 자는 언제나 환영을 받는 법이오. 단지 그 중립이라는 것이 어려울 뿐이지. 그런데 그는 젊은 나이에 그 일을 해냈구려."

"그래서 우리에게도 기회가 생긴 것이겠지요."

적하연이 말했다.

"맞소이다. 오죽노라면 아마도 그를 만나기 전 그가 지금까지 행한 상행들을 모두 조사했을 거요. 그리고 신뢰할 만하다고 생각했을 거요. 구천맹과 마천 모두와 거래하는 인물, 그런 자라면 자신과도 거래할 수 있을 테니 말이오."

"하지만 오죽노는 실수를 한 것이죠. 그의 친구인 계명혹성이 살아 있다는 것을 모르고 있으니까요."

적하연이 한줄기 미소를 짓는다.

"그러고 보니 오죽노 곁에도 저들의 친구가 있구려."

"그 중광이란 사람이요?"

"그렇소. 그의 무공이 대단하다 들었었는데……."

"마천과의 싸움에서 놀라운 무공을 보여줬죠."

"하나같이 뛰어난 사람들이구려. 세 친구 모두……."

"그래서 아픈 거지요. 재주가 뛰어난 자들의 운명은 평탄치 못한 법이니까."

적하연이 쓸쓸한 표정으로 말했다.

* * *

쿵쿵쿵!

깊은 울림이 계곡 저 멀리서 들려왔다. 중광은 팔짱을 끼고 등 뒤에서 들려오는 소리를 듣고 있었다.

그의 앞쪽으로 깊은 계곡들이 모여 만든 강이 먼 쪽으로 흘러 나갔다. 붉은 태양이 서서히 머리 위로 오르고 있었다.

모든 것이 생동하는 계절이다. 긴 겨울이 끝나고 봄이 오고 있었다. 중광의 인생도 계절만큼이나 변해 있었다.

구룡대산을 떠난 것이 벌써 여러 달이다. 그동안 중광은 줄곧 한록산에 머물러 있었다.

그렇다고 다른 사람들처럼 한록산 육혈봉을 누구도 빠져나갈 수 없는 지옥의 함정으로 만드는 일에 관여한 것은 아니었다.

중광은 그간 석굴 하나를 파고 들어가 줄곧 무공 수련을 해왔다. 마천의 마두들과 겨루면서 자신의 무공이 아직은 크게 부족하다는 것을 여실히 깨달았기 때문이었다.

그 덕에 그의 몸은 좀 더 단단해져 있었다. 근육들이 핏줄을 토해내고, 바위 같은 단단함으로 그를 감싸고 있었다.

낡은 가죽 옷으로 가리지 못한 구릿빛 몸이 햇빛을 받아 아름답게 꿈틀거렸다.

그의 등에는 한 자루 도가 매달려 있었는데, 그의 체구 때문인지 조금은 왜소해 보였다.

그러나 대신 도신의 면이 넓었다. 도갑도 없이 맨살을 드러낸 도(刀)는, 날이 서지 않은 것처럼 투박했으나 넓고 무거운 도신을 지니고 있어 어찌 보면 도라기보다 도끼에 가까워 보였다.

"이젠 언제라도, 그 누구라도 상대해 줄 수 있다!"

중광이 중얼거렸다.

그런데 그때 그의 등 뒤로 한 명의 중년인이 다가왔다. 중광과 닮은 얼굴만으로도 그가 누군지 알 수 있다.

격포 중가의 가주 중천산이다.

"끝났느냐?"

중천산의 말에 중광이 고개를 돌렸다. 그러자 중천산이 조금 놀란 표정으로 걸음을 멈췄다.

"……."

중천산이 말이 없자 중광이 한 번 어깨를 으쓱거리더니 퉁명스레 물었다.

"뭘 보세요?"

"널 보지 뭘 보겠느냐?"

"처음 보는 아들도 아니고……."

중광이 나직하게 실소를 흘린다.

"완성한 거냐?"

"알 수 없지요."

"알 수 없다라… 네가 모르면 누가 알겠느냐?"

"글쎄요. 아마 태양도의 본래 주인이었던 양왕 염혁이라면 알 수도 있겠지요."

"끝이 없는 무공이라……."

중천산이 탄식한다.

"무서운 무공이지요. 그런데 더 놀라운 것은 이런 무공을 지닌 자가 여섯이나 있었다는 사실이지요."

"육혈무성 말이냐?"

중천산이 묻자 중광이 고개를 끄떡였다.

"그런 자들이었으니 세상을 지배했겠지요?"

중광이 물었다.

"그렇겠지. 그 시대가 다시 오려나?"

중천산이 눈을 가늘게 뜨며 시선을 먼 강으로 돌렸다. 천하가 그들의 발아래 있는 것처럼 보였다.

"육혈무성의 시대가 다시 시작될 거라 보세요?"

중광이 물었다.

"지금으로썬 그런 기대를 가지고 있다. 그 시대가 오면 우리 중가도 육혈무성의 한자리를 차지하고 있겠지."

"죄송하지만 틀리셨습니다."

중광의 말에 중천산이 의아한 눈으로 중광을 바라본다.

"무슨 말이냐? 이 전쟁에서 패할 거라 생각하느냐?"

"이기든 지든 육혈무성의 시대는 없다는 말이지요."

"……?"

"이기면 오죽노 일인의 시대가 열릴 겁니다. 육혈무성이 아니라 말이죠. 지면 다시 천하는 구천맹과 마천의 손에 남겠지요."

"음… 그가 권력을 나누지 않을 거란 말이냐?"

"당연한 것 아닙니까? 그가 누군가와 권력을 나누려 했다면 구천맹에 남아 있었을 겁니다. 그랬다면 적어도 구파의 수장들과 같은 위치에 머물 수는 있었겠지요. 당장 약간의 어려움이 있더라도 말입니다."

"듣고 보니 그렇구나. 천하일통의 꿈이 그에게는 있지."

"우린… 운이 좋다면 일인지하 만인지상의 자리에는 갈 수 있을 겁니다. 그러나… 그 역시 제룡가의 외가로 사는 것과 크게 다른 것은 없습니다."

"음……."

중천산이 침음성을 흘린다. 그의 안색이 어두워졌다.

누군가의 속박에서 벗어나는 일은 이렇게 어려운 일인 것이다. 그걸 위해 가장 친한 벗마저 배신한 그들이건만 말이다.

"전 그런 결말은 원치 않습니다."

"하면……?"

"기회가 된다면 그를 베겠습니다."

"뭣? 오죽노를?"

중천산이 벼락 맞은 것처럼 놀라 중광을 바라봤다. 그러자 중광이 고개를 끄떡이며 등에 매달았던 도를 잡아챘다.

웅!

도신이 울음을 토하며 눈부시게 번쩍인다. 세상의 모든 빛이 도에 머문 듯하다. 중광이 그 도를 들어 눈앞에 세웠다.

"다시 누군가의 수족이 되려고 비영을 배신한 것이 아닙니다. 그래서야 비영에게 체면이 서지 않지요. 그 녀석을 배신한 이상 내 머리 위에 누군가를 둘 생각은 없습니다."

"경거망동 말거라!"

중천산이 차갑게 경고했다.

"걱정 마십시오. 태산이 웅크리듯 그렇게 오죽노의 심복으로 지낼 테니까요. 그러나 한 번 바람이 불면… 태풍처럼 일어날 겁니다."

팟!

중광이 허공에 도를 그었다. 그러자 그의 도에서 한 줄기 섬광이 십여 장 거리로 뻗어나갔다가 사라졌다.

그야말로 기사(奇事)다. 마치 도가 빛을 토해내는 것처럼 보였다.

"태양도냐?"

중천산이 물었다. 그러자 중광이 고개를 끄떡였다.

"언젠가 이 빛이 그의 목을 베겠지요."

"네가 죽을 수도 있다. 그 무공은 그가 준 것이야."

"흐흐… 죽는 것 따위 무서울 것도 없습니다. 죽으면 비영 놈에게 가면 그뿐이지요."

"반겨주지 않을 거다."

"녀석은 제가 잘 알아요. 녀석 앞에서 며칠 뭉그적거리면 용서해 줄 겁니다."

"후… 하여간 네 녀석은… 그나저나 그 아이가 온다는구나."

중천산이 갑자기 말을 돌렸다.

"그 아이라뇨?"

중광이 무슨 말이냐는 듯 되물었다.

"주가 녀석 말이다."

"주남이요?"

"그래."

"그 녀석이 무슨 일로……?"

중광은 그동안 폐관 수련을 하는 통에 육혈봉에서 무슨 일이 벌어지는지 알지 못했다.

"오죽노가 그 아이에게 거래를 넣었다."

"주남을 어찌 알고요?"

"제룡가주의 소개가 있었다."

"망할 놈의 가문! 망하지도 않네."

중광이 투덜거렸다. 그는 주남이 오죽노와 인연을 맺는 것을 원치 않았다.

"나쁜 일만은 아니다. 주남이 우리 쪽과 거래를 트게 된다면 네게 도움이 될 수 있어."

"그런 기대는 마십시오."

중광이 단호하게 말했다.

"어째서 말이냐?"

"설마 비영에 이어 그 녀석까지 버리란 말이십니까?"

"같이 영화를 누릴 수도 있다."

"흐흐흐. 아버님, 오죽노 아래에서 영화란 없습니다."

중광이 음울한 웃음을 흘리며 말했다.

* * *

배가 사람이 만든 수로를 벗어났다. 미처 장강에 이르기 전이었다.

배는 회하 줄기를 따라 서쪽으로 이동했다. 강줄기가 점점 좁아져 어느 순간 더 이상 주남의 상선이 이동할 수 없는 지경에 이르렀다.

그런데 마치 이런 일들을 예상이나 한 것처럼 세 척의 상선 앞에 십여 척의 작은 배가 나타났다.

소선(小船)들은 폭이 좁아 능히 작은 강줄기를 따라 오를 만했다.

"짐을 옮겨 싣게."

소선들이 나타나자 주남의 그의 오랜 수족 중 하나인 행수 정손후에게 말했다.

"알겠습니다. 대인!"

정손후가 대답을 하고는 뱃전으로 나서며 소리쳤다.

"물건을 옮겨 실어라!"

정손후의 명이 떨어지자 상선에 탄 일꾼들이 싣고 온 물건들을 작은 배로 옮겨 싣기 시작했다.

"어서 오시오, 주 대인. 먼 길에 수고 많으셨소."

문득 작은 배 중 한 척에서 중년 사내 한 명이 상선 위의 주남을 보며 소리쳤다.

'처음 보는 자다.'

구천맹의 흑성으로 지내면서 오죽노 주변의 사람들을 눈여겨보았던 궁비영이다. 그러나 지금 주남을 마중하는 자는 본 적이 없다.

'역시 숨겨둔 세력이 있었던가?'

오래전부터 오죽노에게 숨겨둔 세력이 있을 거라 의심하는 사람이 여럿 있었다. 그러나 누구도 그 꼬리를 잡은 사람은 없었다.

어쩌면 지금 나타난 중년 사내도 궁비영의 추측과 달리 구천맹에서 오죽노를 따라 나온 사람일 수도 있었다. 단지 궁비영이 모르는 자일 수도 있는 것이다.

그런데 의외로 주남은 그를 알고 있었다.

"차 대협께서 직접 나오실 줄은 몰랐습니다."

"하하하, 주 대인께서 오시는데 어찌 제가 나오지 않을 수 있겠소이까? 이 거래를 성사시킨 제가 말이외다."

"그렇긴 하지요. 아무튼 물건들을 확인해 보십시오. 아무 문제가 없을 겁니다."

"확인은 무슨 확인이오. 주 대인이 하시는 일인데… 그나저나 이곳부터는 작은 배를 타고 들어가야 하오. 불편하더라도 배를 옮겨 타주시오."

중년 사내의 말에 주남이 잠시 망설이는 듯하다가 물었다.

"제가 꼭 그분을 봬야겠습니까?"

"내키지 않으시오?"

"그분은 무림의 정점에 계시는 분이지요. 그런 분을 만나면 좋으나 싫으나 구설수에 오르게 되어 있습니다. 상인이 무림의 일에 거론되면 득보다 실이 많지요. 전 그저 차 대협을 통해 거래를 했으면 합니다만……."

"음… 무림의 일과 거리를 두려는 주 대인의 마음은 이해하오. 그러나 주 대인, 인생에서 기회는 그리 자주 오지 않소."

"추락도 한순간이지요. 전… 겁이 많은 사람입니다."

주남이 고개를 저으며 말했다. 마치 정말 오죽노를 만나고 싶지 않은 사람 같았다.

그 때문에 뒤쪽에서 주남을 지켜보고 있던 동왕 귀보전과 남왕 적하연은 마음을 졸일 수밖에 없었다.

오죽노 곁에 접근할 수 있는 기회는 그리 많지 않다. 그가 한록산 육혈봉에서 무슨 일을 하고 있는지 살필 수 있는 절호의 기회인 것이다. 그런데 주남의 행동이 자칫 그 기회를 무산시킬 수도 있었다.

그러나 궁비영은 두 사람과 달리 크게 걱정하지 않았다. 그는 주남을 믿고 있었다.

"주 대인의 안전은 내가 보장하오."

"그분을 만난다고 해서 제가 위험하단 뜻은 아닙니다. 다만 만나고 난 이후가 위험하겠지요. 그분과 제가 만났다는 것을 아는 순간 천하의 고수들이 절 주시할 겁니다."

"이 일이 강호로 새어 나갈 이유는 없소. 그건 보장할 수 있소. 오늘의 만남조차 주 대인의 사람이 아니면 절대 밖으로 알려지지 않을 것이오."

"내 사람들이야 이 거래가 누구와 하는 거래인 줄도 모르고 있지요."

주남이 대답했다.

"그렇다면 더 걱정할 필요 없소. 또한 그분께서도 주 대인과 거래를 하려는 것이지, 뭔가를 강요하려는 것은 아니오. 그러니…….”

“나도 무림의 일은 조금 알지요.”

차 대협이라고 불리는 사내가 말하는 그분이 어떤 사람인지 잘 알고 있다는 의미다. 허튼 말이 통할 수 있는 상황이 아니다.

주남의 말에 사내가 조금 어색한 표정을 짓는다. 오죽노를 아는 사람이라면 누구라도 그를 두려워하지 않을 수 없는데, 그걸 무마시키려 한 자신의 행동이 겸연쩍은 것이다.

“진정 만나지 않으시겠소? 그분이 무척 서운해하실 것이오.”

어찌 들으면 협박 같기도 하다. 그러자 주남이 잠시 생각에 잠겼다가 말했다.

“좋습니다. 그분을 만나지요. 단… 저도 몇 사람, 제 사람을 데리고 가겠습니다.”

“하하하, 그야 좋을 대로 하시오. 그게 마음이 편하다면…….”

사내가 너털웃음을 터뜨렸다. 그가 보기에 주남의 조건은 아무런 의미가 없는 것이었다.

만약 오죽노가 손을 쓰려 한다면 주남이 어떤 자들을 데리고 가도 오죽노의 살수를 피할 수 없을 것이기 때문이었다.

“그럼 배를 내어주십시오.”

주남의 말에 사내가 한 손을 들어 올렸다. 그러자 검고 날렵한 배가 빠르게 상선에 접근했다.

"이름이 뭐라 했지?"

궁비영이 주남에게 물었다.

"차우라는 잔데 못 들어봤어?"

"음… 그가 널 만나러 왔었어?"

궁비영의 물음에 주남이 고개를 끄덕였다.

"보통 인물이 아냐."

궁비영이 중얼거렸다.

"그가 외부의 거래를 맡길 정도면 당연한 일이지. 가자!"

주남의 말에 궁비영이 고개를 끄떡이고는 뒤를 돌아봤다. 그러자 귀보전과 적하연이 다가왔다.

"두 분은 이곳에서 기다리십시오."

"저희도 함께 가겠습니다."

귀보전이 말했다. 그러자 궁비영이 고개를 저었다.

"변용을 해도 알아보는 사람이 있을 수 있습니다. 과거 천변이 일어날 때 함께 싸웠던 자들이라면……."

"그거야 계명흑성님도 마찬가지지요. 구천맹의 흑성으로 활동하셨으니……."

적하연이 말했다.

"전 좀 다르지요. 흑성으로 있던 시기가 짧았을뿐더러 그때도 사람들에게 얼굴을 드러낸 일이 거의 없으니까요."

"하지만 오죽노는 다르지요."

"그의 앞에 나타나는 일은 없을 겁니다."

"그의 주변에는 과거의 흑성들과 무명도의 관주들도 있습니다. 그러니 외려 계명흑성님보다는 저희가 더 적합할 겁니다."

적하연의 말이 틀린 것이 없었다. 그러나 궁비영은 이 일을 그들에게 미룰 생각이 없었다.

"어쨌든 제가 가겠습니다. 두 분께서는 퇴로를 준비해 주십시오. 혹시 모르니……."

궁비영이 단호하게 말하자 귀보전과 적하연도 더 이상 고집을 피울 수 없었다.

적하연이 한 말이 이치에 맞았지만 그럼에도 불구하고 계명흑성의 무공이란 것이 그런 위험을 상쇄하리라 믿기 때문이었다.

"알겠습니다. 계명흑성님의 뜻에 따르지요."

적하연이 대답했다.

"잘한 일인지 모르겠어요."

작은 흑선을 타고 강을 거슬러 오르는 궁비영과 주남을 보며 적하연이 중얼거렸다.

"충분한 능력이 있는 사람이오."

귀보전이 말했다.

"하지만 상대는 오죽노예요."

"솔직히 말하자면… 적어도 혼자 죽지는 않을 사람이오."

"그 말은 한록산에서 죽을 수도 있다는 뜻이군요."

적하연이 걱정스런 표정으로 말했다.

"남왕의 말대로 한록산은 오죽노의 세계니까 말이오. 하지만 만약 계명흑성께서 죽는 일이 벌어진다면 오죽노도 죽을 것이오. 말했듯이 결코 혼자 죽을 사람은 아니라서……."

"설마 그걸 바라시고 보낸 것인가요?"

적하연이 조금 차가운 표정으로 물었다.

"그건 아니오. 오죽노가 죽는다 해도 계명흑성이 죽는 것은 더 큰 손실이니까 말이오. 하지만 적어도 손해는 보지 않을 거란 생각은 했소."

"매정한 분이세요. 그간 계명흑성과 정이 깊어졌나 싶었는데……."

적하연이 귀보전을 보며 말했다.

"물론 난 계명흑성을 좋아하오. 처음 볼 때부터 좋아했소이다. 세파에 휘말린 인생에 동정이 가기도 했소. 그러나… 어쨌든 그 모든 것에 앞서는 것이 유령문의 안위 아니겠소?"

"후… 그렇긴 하지요."

적하연이 고개를 끄덕였다.

"너무 자책할 필요는 없소. 계명흑성도 그 사실을 잘 알고 있을 테니 말이오. 그는… 본 문을 믿지 않소."

"그런가요?"

"아니, 본 문을 믿지 않는 것이 아니라 사람을 믿지 않는다고 해야 할 거요. 여행을 하던 중에 이런 말을 하더이다. 사람은 본래 약한 존재라고. 욕망을 이기지 못해 결국에는 실수를 할 수밖에 없는 존재라고 했소. 그러니 우린들 그 욕망에서 자유롭지 못하다는 것을 그가 왜 모르겠소."

귀보전이 차분하게 말했다. 그러자 적하연이 길게 한숨을 내쉬었다.

"듣고 보니 그렇군요. 하긴 가장 믿었던 친구에게 배신을 당했으니 그런 생각을 할 수도 있겠군요. 하지만 서운하기도 하네요. 우리 유령문을 믿지 못한다는 것이……."

"후후후, 말하지 않았소. 유령문을 못 믿는 것이 아니라 사람을 못 믿는 것이라고. 아니, 사람이 아니라 인간의 욕망인가?"

귀보전이 씁쓸하게 웃음을 흘리며 중얼거렸다.

* * *

왜 이 땅에 육혈무성이 모였고, 왜 이 땅에 오죽노가 들었는지 그들에게 듣지 않아도 알 수 있었다.

강이 끝나는 지점에 거대한 절벽이 서 있었다. 능히 수백 척은 되어 보이는 높이다. 그 절벽 위에 아스라이 검은 점들이 보인다. 경계를 서는 자들이 분명했다.

'난공불락, 누구도 이 방어막을 힘으로 뚫지는 못하겠군.'

궁비영은 내심 오죽노를 상대하는 일이 버겁게 느껴졌다. 마천과 구천맹의 맹도들을 모두 끌어와도 한록산에 칩거한 오죽노를 깨뜨리지는 못할 것 같았다.

"틈은 어디나 있어."

문득 주남이 나직하게 말했다. 누구도 들을 수 없는 목소리다.

순간 궁비영이 퍼뜩 정신을 차렸다. 그러자 주남이 다시 말했다.

"겁을 먹다니 너답지 않다."

주남이 빙글거리는 눈웃음을 짓는다.

"제길, 하여간 눈치는 빨라서. 그런데 내가 겁을 먹었었나?"

궁비영이 씁쓸한 표정으로 중얼거렸다.

"힘으로 뚫을 수 없는 곳임은 분명해."

주남이 정색을 하며 말했다.

그의 시선이 사방을 훑었다. 아득한 절벽으로 인해 마치 무저갱에 들어와 있는 듯한 느낌이 들었다.

"이런 곳에 칩거하면 누구도 그를 벨 수 없어."

궁비영이 심각하게 말했다.

"물론 그렇지. 하지만 그는 칩거해 있을 인물이 아니잖아? 그의 꿈은 천하다. 그런 자에게 이런 난공불락의 요새는 사실 필요 없는 것이지."

주남의 말에 궁비영은 퍼뜩 정신이 들었다.

"그렇군. 누가 오기 전에 그가 천하를 얻기 위해 나올 것이고, 아니면 천하를 얻기 위해 누군가를 불러들이겠지."

"외려 그는 조금 소심한 사람인 것 같다."

"응?"

뜻밖의 말에 궁비영이 주남을 본다.

"이렇게까지 방비를 단단히 한다는 것은 천성적으로 두려움이 많다는 뜻이지."

"그런 건가?"

"아무렴. 과유불급이라고, 이런 철벽같은 요새는 사실 그에겐 필요 없어. 마천과 구천맹이 상쟁하는 이상 그들이 전력을 기울여 오죽노를 공격할 수는 없으니까. 외려 이런 단단한 요새가 그에 대한 두 세력의 경계심을 더 높이는 결과를 가져올 거야."

"생각해 보니 그렇구나. 네놈은 역시 똑똑해."

"이런 사람을 상대하는 것은 그리 어려운 일이 아닌데……."

주남이 중얼거렸다.

그런데 그때 앞쪽에서 길을 열고 있던 중년 사내가 나직하게 외쳤다.

"열어라!"

순간 놀라운 일이 벌어졌다.

숲이 열린 것이다.

배가 움직이고 있던 좌측으로 절벽 아래쪽은 물속에 뿌리를 박은 수목이 무성하게 자라 있었는데, 그 숲이 열리기 시작한 것이었다.

스르르!

거대한 숲이 움직임에도 소리는 그리 크지 않았다. 아마도 수중에 기관이 설치되어 있기 때문인 듯싶었다.

"정말 대단하구나!"

이번에는 주남도 탄성을 흘렸다. 이런 출입구라면 누구도 이곳을 찾아내지 못할 터였다.

숲이 열리자 거대한 연못이 눈에 들어왔다. 절벽 안쪽으로 이어진 수로 끝이 연목의 시작이었다.

배가 다시 움직였다. 숲이 열리며 만들어진 수로를 따라 배가 전진해 들어가자 수로 좌우로 검은 무복을 입은 자들의 모습이 보였다.

궁비영의 마음속에 다시 난공불락이란 말이 떠올랐다.

연못은 제법 널찍했다. 궁비영 등이 타고 온 소선 십여 척이 능히 정박할 만했다.

하지만 오죽노의 세력을 생각하면 조금 부족한 크기이기도 했다. 당장 주남이 상선에 싣고 온 짐을 모두 들이기에도 작은 크기였다.

그렇다면 아마도 이곳 말고 한록산 외곽에 배들을 정박시킬 또 다른 장소가 존재할 터였다.

"내립시다."

차씨 성을 쓰는 중년 사내가 주남을 보며 말했다. 배는 어느새 연못 안쪽으로 들어와 접안대에 닿아 있었다.

주남이 먼저 배에서 내렸다. 궁비영은 중년의 장한으로 변용을 한 것도 모자라 눈을 가리는 두건을 머리 깊이 눌러쓴 채 주남을 따랐다.

그 뒤로 주남을 수행하는 그의 오래된 수족 강이와 고제명이란 두 무사가 궁비영과 같은 복장을 하고 있었다. 덕분에 궁비영이 특별히 사람들의 시선을 끌 이유는 없었다.

"이곳에서부터는 조금 걸어야 하오."

"얼마나 걸립니까?"

주남이 물었다.

"늦어도 반시진 안에는 도착하오. 갑시다."

사내가 서둘러 걸음을 옮기기 시작했다.

길은 숲과 계곡을 따라 이어져 있었다. 자연적으로 만들어진 길처럼 보이지만 곳곳에 사람의 손길이 묻어 있다.

궁비영은 길을 걸으며 날카로운 눈으로 주변을 살폈다.

'용담호혈…….'

다시 무서운 말이 떠오른다.

한록산 주변은 난공불락의 요새이고, 그 안으로 들어서니 용담호혈의 함정이다. 만약 초대받지 않은 자가 이 산에 들어온다면 살아 돌아갈 가능성은 거의 없었다.

곳곳에서 사람의 인기척이 느껴진다. 길 중간에 수많은 고수가 숨어 있음이 분명했다. 당장에라도 오늘 전쟁을 치를 것 같은 분위기였다.

"무서운 곳이군요."

문득 주남이 입을 열었다. 그 역시 길 주변에 도사린 수많은 살기들이 느껴지는 모양이었다.

"하하하, 알아보셨구려. 역시 주 대인의 눈은 날카롭소. 무공도 모르시는 분이……."

앞서 가던 사내가 자랑하듯 말했다.

"몸이 어는 것 같으니 어찌 모르겠습니까?"

"그렇게 느끼셨소? 음… 형제들의 기도를 조금 더 숨겨야겠군."

사내가 고개를 갸웃하며 말했다. 그러자 주남이 다시 물었다.

"정말 세상에 알려진 것처럼 구천맹과 마천을 상대로 전쟁이라도 치를 생각이신 거요?"

"못할 것도 없소."

사내가 전의를 드러내며 말했다.

"하지만 상대는……."

감히 마천과 구천맹을 상대로 싸울 수 있냐고 묻고 있는 주남이다.

"후후, 아직 주 대인은 그분을 잘 모르시는구려. 그분이라면 그 두 세력을 상대하고도 남으실 분이오. 그리고 이 한록산을 보시오. 누가 감히 이곳에서 살아남을 수 있겠소?"

"하지만 한록산의 험준함이란 결국 지키는 일에 도움이 될 뿐 아닙니까?"

"물론 그렇소. 그러나 싸움이 이 한록산에서 벌어지면 그땐 이야기가 달라지지."

"설마 구천맹이나 마천이 이 험준한 산에 들어오겠습니까?"

주남이 있을 수 없는 일이라는 듯 고개를 저었다. 그러자 사내가 자신있게 말했다.

"아니, 결국 그들은 이곳에 오게 될 거요."

"왜 말입니까?"

"그건 바로… 저것 때문이오."

어느새 일행은 다시 거대한 절벽 아래 도착해 있었다. 절벽 아래 앞뒤가 훤하게 보이는 커다란 동혈이 관문을 대신하고, 그 너머로 거대한 장원 같은 곳이 보인다.

사내가 가리킨 곳은 그 관문 위쪽 절벽 중간이었다. 그곳에는 여섯 사람의 얼굴이 거대한 모습으로 선명하게 조각되어 있었다.

"저것이 무엇입니까?"

주남이 놀란 표정으로 물었다. 그러자 사내가 낮고 소름 끼치는 목소리로 대답했다.

"후후, 저분들이야말로 고금제일의 절대자들, 무림사에 전무후무한 군림의 시대를 만들었던 육혈무성들이시오. 주 대인! 육혈무성의 땅에 온 것을 환영하오."

『검은 별』 8권에 계속…

글삶 장편 소설
FUSION FANTASTIC STORY
세상을 다 가져라
[세상을 다 가져라]
문피아 선호작 베스트 작품 전격 출간!
현대판타지, 그 상상력의 한계를 넘어서다!
권고사직을 당한 지 2년째의 백수 권혁준.
우연히 타게 된 괴상한 발명품으로 인해
과거로 회귀한다!
그런데
과거로 온 혁준의 손에 들려 있는 것은 바로
최신형 스마트폰!
"까짓 세상, 죄다 가져 버리겠다 이거야!"
백수였던 혁준의 짜릿한 인생 역전이 시작된다!
Book Publishing CHUNGEORAM
유행이 아닌 자유추구 -
WWW.chungeoram.com

야차전기
임영기 新무협 판타지 소설
FANTASTIC ORIENTAL HEROES
『무정도』, 『등룡기』의 작가 임영기.
2015년 봄, 야차가 강림한다!
"오 년 후에 백학무숙을 마치게 되면
누나를 찾아오너라."
가문의 멸망.
복수만을 꿈꾸며 하나뿐인 혈육과 헤어졌다.
하지만 금의환향의 길에 벌어진 엇갈림…
모든 것이 무너진 사내 화용군!
재처럼 타버린 위에
삼면육비(三面六臂)의 야차가 되어 살아났다!
악이여, 목을 씻고 기다려라!
유행이 아닌 자유추구 -
www.chungeoram.com

북검전기
우각 新무협 판타지 소설
FANTASTIC ORIENTAL HEROES
2014년의 대미를 장식할,
작가 우각의 신작!
『십전제』, 『환영무인』, 『파멸왕』…
그리고,
『북검전기』
무협, 그 극한의 재미를 돌파했다.
북천문의 마지막 후예, 진무원.
무너진 하늘 아래 홀로 서고, 거친 바람 아래 몸을 숙였다.
살기 위해! 철저히 자신을 숨기고
약하기에! 잃을 수밖에 없었다.
심장이 두근거리는 강렬한 무(武)!
그 걷잡을 수 없는 마력이,
북검의 손 아래 펼쳐진다!
Book Publishing CHUNGEORAM
유행이 아닌 자유추구 -
WWW.chungeoram.com